W0173690

Froh zu sein,
bedarf es wenig

# Froh zu sein, bedarf es wenig

## Humorvolle Weihnachtsgeschichten

**benno**

Bibliografische Information der
Deutschen Nationalbibliothek
Die Deutsche Nationalbibliothek verzeichnet diese
Publikation in der Deutschen Nationalbibliografie;
detaillierte bibliografische Daten sind im Internet
über http://dnb.d-nb.de abrufbar.

**Besuchen Sie uns im Internet:**
**www.st-benno.de**

Gern informieren wir Sie unverbindlich und aktuell
auch in unserem Newsletter zum Verlagsprogramm,
zu Neuerscheinungen und Aktionen. Einfach anmelden
unter www.st-benno.de.

ISBN 978-3-7462-3861-6

© St. Benno-Verlag GmbH, Leipzig
Zusammengestellt von Volker Bauch
Umschlaggestaltung: Ulrike Vetter, Leipzig
Gesamtherstellung: Kontext, Lemsel (A)

# Inhaltsverzeichnis

# Vier Adventskränze zu viel

Wieland Schmid

„In diesem Jahr gibt es bei uns keinen Adventskranz!", verfüge ich. „Der Weihnachtsbaum reicht. Ein Adventskranz ist ein Staubfänger. Zudem blockiert er unseren Tisch. Wo soll ich meinen ganzen Papierkram ausbreiten, wenn der Adventskranz auf dem Tisch steht? Dazu kommt die zusätzliche Brandgefahr. Adventskranz? Nein danke!" Natürlich meldet die Familie Protest an. „Adventskranz, ja bitte!", tönt es mir entgegen. „Wir können ihn wieder, wie im letzten Jahr, über die Tür hängen", wird vorgeschlagen.

Wie kurz doch das menschliche Gedächtnis ist! Im letzten Jahr löste sich der Haken, an dem der Kranz hing, gerade in dem Moment, als Tante Rosemarie über die Schwelle trat. Sicher war die Erschütterung daran schuld. Tante Rosemarie ist eine energische Person. Glücklicherweise brannten am Kranz nicht auch noch die Kerzen. Na ja, sie sah nicht schlecht aus mit dem Kranz auf dem Kopf. Wie ein Feldherr, wie Cäsar. Nein, in diesem Jahr also keinen Adventskranz, trotz Erinnerungen und Tradition.

Eigentlich hätte ich klüger sein müssen, hätte wissen müssen, wie es kommen würde, wie es kommen musste. Zum guten Schluss, das heißt am Samstag vor dem ersten Advent, hatten wir nicht einen, sondern fünf Kränze im Haus. So werden heutzutage Beschlüsse eines Familienoberhauptes respektiert. Dass Karin, Peter und Evchen je einen Kranz, wenn auch in unterschiedlichen Größen, anschleppten, konnte ich zur Not verstehen. Dass aber auch Jutta, meine Frau, ein wahres Monstrum an Kranz anbrachte, enttäuschte mich zutiefst. Wenn nicht einmal sie mehr ein Vorbild gab und meine Entscheidungen respektierte!

Der aufmerksame Leser wird nun kurz nachrechnen und dabei feststellen, dass es eigentlich vier Kränze sein müssten und nicht fünf. Wie kommt ein fünfter Kranz ins Haus? Nun ja, man will kein Spielverderber sein. Einen kleinen Adventskranz hatte ich heimlich aus der Stadt mitgebracht. Nur so, zum Abgewöhnen …

Zurückbringen konnten wir unsere Kränze nicht. Das Einzige, was zu tun blieb, war, den entsprechenden Zierrat zusammenzutragen. Kerzen hatten wir genug im Haus. Seltsamerweise auch alle anderen Utensilien, Bänder, Zapfen und so fort. Offenbar hatte da jemand aus der Familie Vorratspolitik betrieben. Man weiß ja nie, wie die Zeiten werden. Jeder packte mit an, steuerte seine Vorstellungen bei, und zuletzt waren wir im Besitz von fünf wunderschönen, festlich-bunten Adventskränzen. „So viele hatten wir ja noch nie!", strahlte Evchen. Natürlich konnten wir sie unmöglich alle behalten.

„Wir wollen es schließlich nicht übertreiben", mahnte ich, „wer viele hat, gebe dem, der keinen hat". So eine Redensart.

Evchen schaute mich an und lachte. „Gut", sagte sie, „dann fragen wir im Haus herum, wer keinen

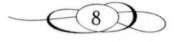

Kranz hat, und wer ohne ist, der bekommt einen von uns."

Ich wollte abwehren, aber die anderen stimmten begeistert zu. „Frau Brinkmann in der Dachwohnung hat sicher kein Geld für einen Adventskranz", meinte Karin.

„Familie Warth neben uns hatte in diesem Jahr viele Ausgaben durch ihren Umzug", gab Peter zu bedenken, „vielleicht kommt unser Kranz da gerade recht."

„Moosmüllers gegenüber werden auch nicht viel Geld übrig haben, nachdem er seit Sommer in Rente ist", sagte Jutta. Ich hatte immer noch Bedenken. „Es könnte nach einem Almosen aussehen."

Die andern lachten. „Ein Adventskranz ist doch kein Almosen! Niemand käme auf so eine verrückte Idee!"

Niemand? Außer mir! „Also gut", lenkte ich ein, „geht mit euren Kränzen hausieren. Ich habe noch zu tun."

Sie schleppten mich dann doch mit, zuerst gegen meinen Protest. Und es wurde ein Nachmittag, den ich nicht vergessen werde. Frau Brinkmann war so gerührt, dass ihr ein paar Tränen über die

runzligen Wangen rannen und sie uns für den Sonntag zum Kaffee einlud. Familie Warth drückte uns eine Büchse Lebkuchen in die Hand und stand dann strahlend um den Kranz herum, als sei der Wunder was und eine Kostbarkeit von unermesslichem Wert.

Von Herrn Moosmüller erfuhren wir, dass seine Frau seit vier Tagen in der Klinik lag und vorgestern operiert wurde. Ja, es gehe ihr den Umständen entsprechend gut, sagte er. Morgen dürfe er sie wieder besuchen. Für eine halbe Stunde. „Ich werde den Adventskranz mitnehmen, und wir feiern zusammen an ihrem Bett. Das wird ein besonders schöner erster Advent nach all den Sorgen der letzten Wochen!"

Wir sagten, dass wir auch dieser Meinung seien und dass wir ihm für seine Frau noch etwas mitgeben wollten. „Dass es so etwas heute noch gibt!", rief Herr Moosmüller. In seiner Stimme schwang ein ganz seltsamer Ton mit. „Dass Sie extra Geld für uns ausgegeben haben, damit wir auch in diesem Jahr einen Kranz zum Advent haben! Es gibt doch noch gute Menschen mit viel Liebe …"

Mir steckte ein Kloß in der Kehle, und die ande-

ren, Jutta, Peter, Karin und Evchen, hatten vor Verlegenheit knallrote Ohren.

„Aber", wollte ich schon beginnen, doch Herr Moosmüller winkte mit der Hand ab. „Ich weiß schon, was sie sagen wollen, irgendeine Ausrede, nein, ich weiß es ja, gute Menschen sind immer auch bescheiden …"

Wir sprachen an diesem Tag lange nichts mehr. Erst beim Essen löste sich der Bann. „Ein Tadel ist schlimm", sagte Karin leise, „aber ein unverdientes Lob ist schlimmer."

Wir anderen nickten nur. Nach einer Weile sagte ich: „Fürs nächste Jahr wollen wir uns vornehmen: wieder fünf Adventskränze!"

# Die Geschichte von Christkind und Nikolaus

Luise Büchner

Nun war die gute Frau Holle froh, denn jetzt hatte sie einen Knecht für ihr Christkindchen gefunden, und zugleich einen Gehilfen für die Menge von Geschäften, die es auf Weihnachten gibt. Zuerst machte sie nun mit den Engelchen zwei wunderschöne Körbe für den Esel, die wurden aus feinem Stroh geflochten und mit blauen und roten Seidenbändern verziert. Dann holten sie aus der Stadt vom Gerber schönes rotes Leder, davon nähten sie einen Sattel und Zaum und ringsherum wurden silberne Glöckchen gesetzt, sodass es immer leise klingelte, wenn das Eselchen sich bewegte. Dem Grauchen gefiel es sehr wohl in dem schönen Stall bei den zwei weißen Kühen und bald hatte es das Christkind fast noch lieber als den Nikolaus, denn es brachte ihm jeden Tag süßes Zuckerbrot und streichelte und liebkoste es.

Unterdessen durchstreifte der Nikolaus wieder Wald und Feld, um sich neue Reiser und Gerten und Ruten zu suchen, wobei er fortwährend auf die einfältigen Engelein schalt, die ihm seine schönen Ruten verbrannt hatten. Wenn er aber dann am Abend heimkam, hatten sie ihm immer ein Lieblingsgericht gekocht, bald Linsensuppe mit Bratwurst, bald Sauerkraut und bald Kartoffelklöße. Da ward er wieder vergnügt, ließ es sich schmecken und setzte sich dann an's Feuer, um Ruten zu binden. Christkindchen saß neben ihm, nahm die Ruten und wickelte schöne Gold- und Seidenbänder darum, damit die Ruten doch nicht ganz so entsetzlich aussahen.

„Mache nur immer deinen Firlefanz daran", knurrte der Nikolaus, „die spürt man doch, wo sie hinfahren!" Damit schwang er eine Rute durch die Luft, dass es einen lauten Ton gab und die Engelchen ganz erschrocken in die Erde flüchteten.

So verging der Spätherbst, die Blätter fielen alle von den Bäumen, der Wind pfiff laut über die Ebene und dem Mühlbach verging das Rauschen und Murmeln, denn er war fast zugefroren, da sagte die Frau Holle: „Morgen, Kinder, gibt es einen lustigen Tag; da wollen wir einen ungeheuren Vorrat von Lebkuchen, Anisgebacknem und Marzipan backen, dass mein Christkindlein am Weihnachtsabend mit vollen Händen austeilen kann. Du, Nikolaus, bleibst hübsch zu Hause und sorgst für die Lebkuchen, das ist dein Geschäft und backe sie nur so schön braun, wie dein Gesicht ist. Christkindlein aber macht das Anisgebackene und das Marzipan, weil dies ebenso fein und weiß ist wie mein Kind. Honig für die Lebkuchen ist genug da; die Bienchen, die den Sommer über unsere Blumen auf der Höhe benaschten, haben einen großen Vorrat in's Haus geschleppt. Das Mehl holt unser Grauchen heute Nacht drunten in der Mühle und die übrigen Sachen sind schon alle da. Ist es Euch recht so?" Alle riefen: „Ja, ja!" Nur der Nikolaus, der immer etwas zu knurren hatte, sagte: „Jetzt soll ich auch noch Lebkuchen backen, ich habe es längst wieder verlernt."

„Wirst es schon noch können, alter Brummbär",
antwortete Frau Holle lachend und richtig – am andern Morgen war er zuerst auf, heizte den großen
Backofen ein und ging an's Werk. Er nahm Honig in
eine Schüssel, die war fast so groß, als die goldene
Badewanne, in der Frau Holle sich mit den Englein
wusch, tat Mehl hinzu, Pfeffer, Nägelein und Zimt
und fing an, mit seinen großen Händen alles durch-
einanderzukneten. Bei ihm ging alles in der größten
Ruhe und Ordnung vor sich, denn er war ja ein
Mann und da muss jedes Ding seinen regelmäßi-
gen Lauf haben. Umso lustiger und unruhiger aber
war es nebenan, wo das Marzipan und Anisgebackene verfertigt wurde. Gott, war das ein Getrappel
und Gelaufe, ein Gekicher und Geschwätz – man
konnte sein eigenes Wort nicht verstehen! Da kniete ein Engelchen vor einem ungeheuren Mörser
und stieß Zucker fein, dort saß ein anderes und las
den Anis aus, ein Drittes rieb Zitrone ab, ein Viertes
schlug die Eier auf, ein Fünftes stäubte das Mehl
durch das Sieb, ein Sechstes hackte Mandeln, ein
Siebentes malte den Zimt und Viere bis Fünfe hiel-
ten am Rand eine großmächtige Schüssel fest, vor
der das Christkindchen stand und mit einem langen Löffel den Teig herumrührte.

Zuweilen ward der Lärm so arg, dass der Nikolaus mit seinen Händen voll braunen Teig an der Türe erschien und Ruhe gebot. Da ging aber der Spektakel erst recht los; sie stürzten alle auf den Nikolaus ein: „Hinaus", riefen sie, „du brauner Kerl, hinaus! Du machst uns unser weißes Gebackne schwarz!" Dabei schlugen sie mit den leeren Mehlsäcken nach ihm, dass er so weiß ward, wie der Müller drunten in der Mühle. Nun war aber der Nikolaus auch nicht faul; er fasste mit seinen braunen Händen nach rechts und links, und wo er ein Engelchen erwischte, klebte er ihm mit dem klebrigen Honigteig den Mund zu, dass ihm für diesen Tag das Sprechen und Lachen verging. Das war ein rechter Jammer! Frau Holle und Christkindchen mussten oft so lachen, dass sie nicht mehr fortarbeiten konnten. Da war es kein Wunder, wenn der Nikolaus früher fertig ward als die Frauenzimmer. Sie hatten kaum erst einige Hunde, Katzen, Pferde und die dicken Männlein von Anis und Marzipan fertig gebracht, als der Nikolaus schon rief: „Nun kommt und seht!"

Sie liefen alle in seine Stube, da duftete es köstlich und in langen Reihen lagen Tausende und Tausende von Odenwälder Honiglebkuchen aufgeschichtet. Viel Abwechslung war gerade nicht dabei; sie waren entweder rund oder herzförmig und in der Mitte hatte der Nikolaus ein Bild hineingedrückt, nach seinem absonderlichen Geschmack. Gewöhnlich waren es Adam und Eva im Paradies oder auch ein Reitersmann und zuweilen das liebe Christkind selbst mit einer Strahlenkrone auf dem Kopf. Um das Bild herum war mit schönen weißen Buchstaben ein Vers gemalt. Weil aber der Nikolaus nicht recht schreiben kann, so kann man ihn auch nicht recht lesen und es ist darum allen Kindern zu raten sich nicht weiter den Kopf darüber zu zerbrechen, sondern ihn ungelesen zu verzehren.

Frau Holle lobte den Nikolaus sehr wegen der schönen Arbeit, die er gemacht und trieb nun die andern wieder tüchtig an's Werk. Sie schämten sich nun vor dem Nikolaus und eilten sich mehr als zuvor. Bald roch der ganze Böllstein so gut wie eine Hofküche und bis zum andern Morgen lagen ganze Gebirge von Marzipan und Anisgebacknem fertig.

Als es Abend ward, zog Frau Holle dem Nikolaus ihren Pelzrock an und setzte ihm die Pelzmütze auf, füllte die Körbe des Eselchens mit Zuckerwerk und Ruten, legte ihm sein rotes Geschirr um und hob dann das Christkindchen, das seine schönsten Kleider anhatte, auf den Sattel. Der Nikolaus warf noch seinen Sack voll Nüsse und Äpfel über die Schulter, nahm dann die Zügel in die Hand und fort ging es durch die dunkle Nacht den Berg hinab zu den hellen Wohnungen der Menschen. Frau Holle aber steckte sich schnell in ihr warmes Bett und war froh, dass sie nicht mehr hinaus und dann auf einem Zwirnsfaden heimreiten musste.

Wie nun aber die beiden den Berg hinunter waren, hielt der Nikolaus den Esel an und fragte: „Liebes Christkindchen, ehe wir weiterziehen, möchte ich zuerst nach den Kindern in der Mühle sehen, die waren immer lieb und brav und pflegten mein Eselchen, wenn ich es einmal im Stall allein lassen musste."

„Das ist mir ja schon recht, lieber Nikolaus", antwortete das Christkind und so ritten sie dann ganz stille bis an die Mühle und sahen durch das Fenster hinein in die Stube. Das war sehr leicht, denn die Müllerin war eine brave Frau und die Scheiben immer blank geputzt. Auch die Lampe brannte schön hell und um sie herum, an dem blanken

Tisch saßen das Gretchen, der Karl und der Peter. An ihrem Ansehen konnte man gleich merken, dass es brave Kinder waren, denn sie trieben keine Unarten, sondern jedes war mit einer Arbeit beschäftigt. Das Gretchen half der Mutter Äpfel schälen, weil am nächsten Tag Sonntag war und die Müllerin den Kindern versprochen hatte, ihnen einen großen Apfelkuchen zu backen. Der Karl saß über einem Buch, hielt sich beide Ohren zu und murmelte immer vor sich hin, dabei war er ganz hochrot im Gesicht von der Anstrengung. Er hatte für den Herrn Schulmeister ein Lied den Sonntag über auswendig zu lernen und hatte sich gleich am Samstag Abend darüber gesetzt, wie dies die fleißigen Kinder tun. Der kleine Peter malte ruhig auf seine Schiefertafel Hunde und Katzen und wenn diese auch eher Mehlsäcken und Brotlaiben glichen, so lag ja nichts daran.

Wer da draußen vor dem Fenster stand und ihnen zusah, das wussten die Kinder freilich nicht und sollten sie auch nicht wissen. Leise, leise griff Christkindchen in den Korb mit den Zuckersachen und legte für jedes Kind ein großes Stück auf das Fenstersims. Eine Rute dazulegen, das war bei so lieben Kindern ganz überflüssig.

Wer aber den Nikolaus und das Christkindchen beinahe verraten hätte, das war das Grauchen. Er kannte die Mühle und die Kinder gar wohl und freute sich, sie zu sehen. So reckte er dann die langen Ohren in die Höhe, bewegte den Kopf wie zum Gruß, so dass die silbernen Glöckchen an dem roten Zaum hell erklangen und rief ein freudiges „I-ah!" Wie flogen da die drei blonden Köpfe in der Stube von der Arbeit empor und wie neugierig starrten die blauen Augen nach den angelaufenen Fensterscheiben.

„Mutter, das war unser Grauchen, dem Nikolaus sein Grauchen!", rief Karl, stürzte an das Fenster und die andern hinter ihm drein. Aber sie kamen viel zu spät, husch, husch! waren der Nikolaus, das Christkindchen und der Esel wieder in Nacht und Nebel verschwunden, nur ganz von ferne hörte man noch die silbernen Schellchen klingen. Ganz betrübt sahen die Kinder einander an, da sagte die Müllerin: „Aber da draußen vor dem Fenster steht etwas, seht nur, ein Reitersmann von Marzipan, eine Wickelpuppe von Anisgebackenem und ein großer Herzlebkuchen!" Die Müllerin machte das Fenster auf, holte die Zuckersachen herein und nun wollten die Freude und der

Jubel gar kein Ende nehmen. „Seht ihr, dass ich recht hatte", sagte Karl, „da ist wirklich der Nikolaus mit seinem Eselchen und dem Christkindchen draußen gewesen."

„Was sprichst du da von einem Christkind?", fragte die Mutter.

„Ja, so ist es", rief Gretchen, „ der Nikolaus ist jetzt mit seinem Esel droben auf dem Böllstein bei der guten Frau Holle und dem lieben Christkind, das hat er uns alles erzählt. Und wenn wir brav sind, bringt er uns zu Weihnacht einen Zuckerbaum und viele schöne Sachen!" „Wenn ich nur das Eselchen gesehen hätte", sagte der kleine Peter.

„Weißt du, Peterchen, was wir tun", rief Karl, „wir legen morgen Abend dem Grauchen ein Bündelchen Heu vor die Türe, zum Dank, weil wir so gute Sachen bekommen haben."

„Und das Heu stecken wir in unsere Schuhe", setzte Gretchen hinzu, „ damit der Wind es nicht fortjagt."

So wurde es wirklich gemacht: Die dankbaren Kinder steckten am andern Abend Heu in ihre kleinen Schuhe und stellte sie vor die Türe. In der Nacht kamen richtig wieder der Nikolaus, das Christkind und der Esel, der schon von Weitem das gute Heu witterte. Er blieb stehen, fraß es und der Nikolaus, den nichts so sehr freut, als wenn man seinen Esel gut behandelt, steckte einen großen, roten Apfel in jeden Schuh; dann zogen sie weiter. Als aber nun am Montag morgen die Lisbeth die Schuhe für die Müllerkinder herein holte, lag statt des Heues in jedem ein schöner Apfel. Das hatten sie nicht erwartet und waren ganz toll vor Freude. Als sie in die Schule kamen, hatten sie gar nichts Eiligeres zu tun, als die große Neuigkeit allen Kindern zu erzählen. Die liefen nach Hause, stellten auch ihre Schuhe vor die Türe, steckten auch Heu hinein und fanden am andern Morgen stattdessen einen dicken roten Apfel. Bald wussten alle Kinder im ganzen Lande die Geschichte von dem Esel und dem Heu, und das Grauchen bekommt so viel zu fressen, dass es immer noch lebt, obgleich es schon seit vielen hundert Jahren mit dem Nikolaus und dem Christkind in der Welt herumzieht. So ein Apfel, der des Nachts in den Schuh gesteckt wird, schmeckt aber auch zehnmal süßer, als der beste Zehnuhrapfel der Mama.

So reiten denn die Drei jedes Jahr von Dorf zu Dorf, von Stadt zu Stadt, von Haus zu Haus, sehen durch die Fenster, wo die guten und die schlimmen Kinder sind, bringen Zuckerwerk oder Ruten, wie es eben passt, bis endlich Weihnachten, des lieben Christkindleins Geburtstag kommt. Da wird es am allerschönsten!

Wenn es dann Abend geworden und die große Glocke auf dem Kirchturm fünfmal: bum, bum, bum, bum, bum! geschlagen hat, wird es in allen Häusern so helle, wie damals droben auf der Böllsteinerhöhe, als der Klapperstorch das liebe Kindlein zur Frau Holle brachte, und es jauchzt und jubiliert in den Stuben, gerade so laut, wie es damals die Engelein machten. – Jetzt ist Christkindleins heimliches Werk zu Ende und alles wird offenbar, was es mit den Eltern zu tuscheln und abzumachen hatte. Da prangt für die guten Kinder der bunte Christbaum und stehen die prächtigen Spielsachen umher und sie nehmen sich fest vor, im folgenden Jahre noch lieber und artiger und dadurch dem guten Christkindchen ihren Dank zu beweisen.

Nikolaus und Christkindchen sind aber jetzt gar müde und matt. Während die Freude und das Glück, das sie gebracht, in allen Häusern lebendig sind, ziehen sie still hinauf auf ihren Böllstein, stecken sich in ihre warmen Betten und schlafen sich darin aus, bis es wieder Zeit wird, an die neue Weihnacht zu denken. – In dieser Weise geht es nun schon viele, viele, viele Jahre lang; der Nikolaus hat unterdessen einen langen, weißen Bart und schneeweiße Haare bekommen, und er ist noch mürrischer als zuvor, denn die Weihnachtsarbeit wird ihm manchmal recht sauer. Das liebe Christkind aber verändert sich nicht; es bleibt ewig jung und ewig schön und ist den artigen Kindern noch ebenso gut, wie am ersten Tage. Die Frau Holle hat sich schon längst ganz zur Ruhe gelegt, man sieht und hört nichts mehr von ihr; ihr weiches Federbett hat das Christkind geerbt und an dem haben nun die Engelein zu schütteln und zu rütteln. Wenn ich euch nicht die Geschichte der Frau Holle erzählt hätte, so wüsstet ihr gar nicht, dass sie jemals da gewesen. – Die Engelein aber sind noch immer so toll und lustig wie vor alter Zeit und wenn der Georg und das Mathildchen immer so lieb sein wollen wie das Christkind, dürfen sie auch manchmal so toll und mutwillig sein wie das kleine Volk droben auf der Böllsteinerhöhe.

# Der Engel
# mit dem Gipsarm

*Renate Schupp*

Jetzt will ich euch erzählen, wie Dang Fratzer einmal einen Weihnachtsengel spielte.

Dang Fratzer geht in die dritte Klasse zu Frau Timm. Aber er sieht anders aus als die anderen Kinder. Seine richtigen Eltern waren Vietnamesen. Dang ist in Vietnam geboren. Das ist ein ganz fernes Land auf der anderen Seite der Erde. Als Dang zur Welt kam, wütete dort gerade ein schrecklicher Krieg. Niemals möchte ich einem Kind wünschen, dass es in einem Land zur Welt kommt, in dem gerade Krieg ist. Etwas Schlimmeres kann man sich nicht denken.

Dangs Eltern und alle seine Geschwister und Verwandten wurden von Soldaten getötet. Nur er allein blieb übrig.

Zum Glück war Dang noch ganz klein und begriff nichts. Jemand brachte ihn in ein Waisenhaus. Und eines Tages fuhr er mit anderen Waisenkindern auf einem Schiff nach Deutschland und kam in ein Kinderheim hier in unserer Stadt.

Dort sahen ihn Fratzers. Sie hatten ihn gleich so lieb, dass sie ihn mit zu sich nach Hause nahmen und später adoptierten. Fratzers haben keine eigenen Kinder. So ist Dang ihr Kind geworden. Er sagt Papa und Mama zu Herrn und Frau Fratzer und ist ebenso gut deutsch wie jedes andere Kind in der Straße.

Von Vietnam und vom Krieg weiß er nichts mehr. Nur nachts hat er manchmal schlimme Träume. Dann schlägt er um sich und schreit. Aber am Morgen hat er alles vergessen und ist wieder vergnügt.

Als Frau Timm nach den Herbstferien anfing, mit der Klasse ein Krippenspiel einzuüben, wollte Dang unbedingt den Verkündigungsengel spielen. Der Verkündigungsengel – das ist der, der den Hirten auf dem Feld die Geburt des Jesuskindes verkündete. Die ganze Klasse lachte, als Dang sich dafür meldete. Und Marion Holzapfel, die unter allen Umständen selber den Engel spielen wollte, rief:

„Quatsch! Ein Junge kann doch kein Engel sein!"

„Kann er doch!", antwortete Dang eigensinnig.

„Schließlich heißt es der Engel!" Und am anderen Tag kam er an und verkündete:

„Mein Papa sagt, in der Bibel sind die Engel überhaupt immer nur Männer und haben Männernamen."

„Aber sie sehen nicht vietnamesisch aus!", rief Marion. „Sie haben helle blonde Haare und eine liebliche Stimme."

Das mit der Stimme sagte sie, weil Dang eine raue, brummelige Stimme hat. Aber am nächsten Tag meldete sich Dang wieder und erklärte:

„Mein Papa sagt, in den biblischen Geschichten steht gar nichts davon, wie Engel aussehen und was sie für Stimmen haben."

„Das stimmt", gab Frau Timm zu. „Da hat dein Papa recht."

Und um die Sache endlich zu entscheiden, machte sie zwei Loszettel – einen leeren und einen, auf dem „Engel" stand. Sie ließ Dang und

Marion ziehen. Und es war Dang, der gewann. Marion zog den leeren Zettel und sollte bei den himmlischen Heerscharen mitsingen, weil sie eine liebliche Stimme hat. Sie war so enttäuscht! Dang aber war der eifrigste Verkündigungsengel, der jemals in der Kirche herumgeschwebt war. Ja, es sah wirklich fast so aus, als ob er schwebte, wenn er in dem weißen Gewand, das seine Mutter ihm genäht hatte, hinter dem Altar hervortrat und mit hochgereckten Armen die himmlische Botschaft verkündete.

Doch eines Tages kam er zur Probe und hatte den linken Arm in Gips. Stellt euch vor, er hatte heimlich vom Garagendach aus „Fliegen" geübt, weil er dachte, es wäre nützlich für einen Engel, wenn er wenigstens ein ganz klein wenig fliegen konnte. Leider war er bei der Landung so ungeschickt aufgekommen, dass er sich den Arm gebrochen hatte.

Frau Timm hörte sich die Geschichte an und schüttelte bekümmert den Kopf.

„Ich kann mir ja wirklich alle möglichen Arten von Engeln vorstellen", sagte sie, „Jungen oder Mädchen, schwarz oder weiß oder vietnamesisch. Aber einen Engel mit einem Gipsarm? Wie willst du denn nun die Arme ausbreiten, wenn du den Hirten die Botschaft verkündest?"

Marion Holzapfel kam herbeigestürzt und rief: „Jetzt kann Dang nicht mehr der Engel sein, nicht wahr, er kann kein Engel mehr sein?"

Aber Dang schob sie zur Seite und sagte zu Frau Timm: „Mein Papa sagt, es kommt nicht darauf an, ob ein Engel die Arme ausbreiten kann oder nicht. Es kommt auf die Botschaft an. Und die kann ich ja sagen!"

Und er riss den Mund auf und ließ die Backenmuskeln spielen, damit jeder sehen konnte, wie gut sein Mund in Ordnung war.

Frau Timm seufzte.

„Na schön", sagte sie. „Aber pass gut auf, dass dir bis zur Aufführung nicht noch ein Zahn herausfällt."

Das versprach Dang.

So geschah es, dass in diesem Jahr der Verkündigungsengel schwarze struppige Haare hatte, vietnamesisch aussah und den rechten Arm in der Schlinge trug. Die Leute, die am Heiligen Abend in die Kirche kamen und sich das Krippenspiel anschauten, wunderten sich ein wenig darüber. Manche dachten wohl, es sei noch gar nicht der richtige Verkündigungsengel. Aber dann erhob er seine Stimme und sagte:

„Fürchtet euch nicht! Siehe, ich verkündige euch große Freude, die allem Volk widerfahren wird; denn euch ist heute der Heiland geboren, welcher ist Christus, der Herr, in der Stadt Davids."

Da begriffen die Leute, dass alles seine Richtigkeit hatte.

# *Weihnachtspost von der Behörde*

*Andreas Malessa*

*Briefabsender*:
Innenministerial-Finanzfahndungs-
Oberamts-Sekretär,
Franz Xaver Pingelmann, Jerusahausen
Abt. Anträge, Beglaubigungen und
vierfache Durchschläge

*Briefempfänger*:
Unterkommunal-Sachbearbeiter
Gustl Gscheidmayr
Bürgermeisteramt Bethleheim

*Betreff*: M., J. *und Kind*

Die Ortsbegehung des Anwesens Flur 24/12/00, ausgewiesen als landwirtschaftlicher Nutzraum, hat die offensichtlich spontane Zweckentfremdung infolge Inbetriebnahme als Hotelgewerbe ohne entsprechende Anmeldung oder Umsatzsteuer-Voranmeldung ergeben. Nicht nach EU-Norm kontrollierter und insofern BSE-verdächtiger Tierbestand – hier: Ochs und Esel – fand sich neben einer die innere Sicherheit und den sozialen Frieden gefährdenden Asylantenflut von drei Personen. Bei dem Mann, der Frau und ihrem eventuell eigenen Neugeborenen – vor allem der Vater macht dazu uneindeutige Aussagen – handelt es sich angeblich um eine nicht eheliche Lebensgemeinschaft, vermutlich jedoch um eine Scheinehe zum Zwecke des Betlehem-Aufenthalts der Frau. Für das Neugeborene konnten die Stallbesetzer weder eine Geburtsurkunde noch den Nachweis einer kinderärztlichen U1-Untersuchung vorweisen, ebenso fehlen Mutterpass und Krankenversicherungskarte der Gebärerin. Auf unzivilisierte Sitten im Herkunftsland deutet auch der Umstand hin, dass die Eltern ihr Kind gewohnheitsmäßig in einem Futtertrog halten.

Eine Gruppe landwirtschaftlicher Leiharbeiter ignorierte die Aufforderung, ihre Lohnsteuerkarten vorzuzeigen, und verweigerte die Auskunft, ob ihr Nachtarbeitszuschlag versteuert ist. Stattdessen gaben die Leiharbeiter beglückt „Engelsgesang" zu Protokoll. Daraufhin veranlasste Blut- und Urinproben zur Feststellung von Dopingmitteln oder Drogen blieben jedoch ergebnislos.

Eine im Stallhotel befindliche ausländische Touristengruppe – laut Einreisevisum Wissenschaftler der Astronomie – wurde der unerlaubten Arbeitsaufnahme überführt, da sie einen „Stern gesehen" hatte, also zweifelsfrei ihrem Beruf nachgegangen war.

Das festgesetzte Bußgeld für diese und andere Ordnungswidrigkeiten (Kamele parken im Halteverbot z. B.) entrichteten sie sofort in Gold, Weihrauch und Myrrhe. Zu prüfen bleibt, ob der Goldbetrag unter das Geldwäschegesetz fällt, ob es eine unzulässige Kreditvergabe an die Eltern des Kindes, eine tatsächlich gemeinnützige Spende oder eine Schenkung zwecks Hinterziehung der Erbschaftssteuer ist.

Seitens meiner Behörde ordne ich die sofortige Inhaftierung der Hirten und der Weisen an, da

Verdunklungsgefahr besteht („Heilige Nacht"!), und empfehle die baldige Abschiebung der Asylantenflut, bevor sie dieser unserer ordnungsgemäßen Maßnahme durch Flucht (denkbar wäre Ägypten) zuvorkommt.

Sollten sich die steuerflüchtig-scheinverheiratet-schwarzarbeitenden Verdächtigen behördlichem Zugriff widersetzen, ist herodischerseits die Option Kindermord nicht auszuschließen.

Mit gründlichem Gruß – hochachtungsvoll
Pingelmann
(nach Diktat verreist)

# Das harte Holz von Betlehem

*Klaus Weyers*

Gestern sagte eine Frau zu mir: „Predigen Sie doch bitte zu Weihnachten einmal darüber, dass es noch gute Menschen gibt!" Das ist eine merkwürdige Bitte zu einer Weihnachtspredigt! Oder nicht? Sind gute Menschen Mangelware geworden? Es gibt heute unbestritten stapelweise kluge Menschen, gut ausgebildete Leute, gerissene Typen. Aber gute Menschen sind in unseren heutigen Lebenssystemen irgendwie nicht vorgesehen. Oder hat jemand von Ihnen im Internet ein Stellenangebot gesehen, in dem ein guter Mensch für die Leitungsfunktion eines Konzerns gesucht wird?

Hier kommt natürlich die Frage: Was ist ein guter Mensch? Das ist sehr schwer zu definieren. Vielleicht geht es mit einem Beispiel. Prinzessin Diana war eine außerordentlich sozial engagierte Frau. Das ist bewundernswert. Teresa von Kalkutta hat sich bis zum Letzten hingegeben. Da versagt alles Lob und jeder Kommentar. Soziales Engagement und Hingabe bis zum Letzten sind eben nicht miteinander zu vergleichen. Wenn wir den Ort suchen, wo nicht ein Mensch, sondern Gott diese Hingabe bis zum Letzten ins Spiel bringt, dann ist das Betlehem. Da hat für uns greifbar die Hingabe begonnen, die sich im Kreuz vollenden wird. Die Engel haben die Hirten nicht nach Betlehem dirigiert, weil dort junge Leute neue Reformpläne für die Bewältigung der Weltkrise erarbeiten sollten. Die Hirten sind zur Krippe geeilt, weil dort etwas zu finden war, das es auf den Marktplätzen unserer Aktivitäten und in den Chefetagen von Politik und Wirtschaft selten gibt: die Güte. Der gute Gott schickt uns nicht einen Supermanager zur Weltproblemlösung, sondern seinen guten Sohn. Die Bibel sagt: „ Erschienen ist uns die Güte und Menschenfreundlichkeit Gottes." Manchmal gehen Menschen durch unsere Gemeinden, durch unsere Städte und auch durch unsere Wirtschaft und Politik, denen man anmerkt, dass sie von der Krippe kommen. Es sind Frauen, Männer und auch Kinder, denen man den Herzschlag der Herzlichkeit anmerkt. Es sind die, deren Güte stärker ist als alle Verdrehtheit und Hinterhältigkeit. Sie kommen von Betlehem.

Die Bibel sagt, dass Jesus Christus in einer Krippe lag. Das ist schon sehr ungewöhnlich, mindestens für unsere Breitengrade mit ihrer medizinischen Vollversorgung. Gott wird Mensch.

Er beginnt sein Menschsein nicht in einer Spezialluxusentbindungsklinik, sondern in einer sehr armseligen Ecke der Weltgeschichte. Eine Krippe ist nach Aussagen meines griechischen Wörterbuchs ein „ausgehöhlter hölzerner Trog mit Fächern, worin den Pferden und dem Rindvieh das Futter vorgesetzt wird". Wenn Gott Mensch wird, findet er nicht einmal Aufnahme in einem UNO-Notaufnahmelager. Wir finden ihn bei den Ochsen und Eseln. Nun kommt eine Überraschung: das griechische Wort für Krippe hat noch eine zweite Bedeutung. Es kann nämlich auch Kugellager heißen, also eine schalenförmige Aushöhlung von Hartholz, in der sich eine Kugel bewegt. Was hat Jesus mit einem Kugellager zu tun? Wir wissen, wie wichtig diese technischen Hilfsmittel für die Bewegungsabläufe sind. Ich habe einen Eisenbahnwaggon brennen sehen, weil sich bei einer Achse das Kugellager festgefressen hatte. Wenn das Kugellager nicht die Reibungsenergie auffängt, dreht sich nichts mehr. Ich habe den Eindruck, dass sich in unseren Tagen zu viel in der Weltgeschichte heißläuft. Es ist zu spüren, wie sich in der Familie, im Betrieb, in der Wirtschaft, in der Politik und in der Kirche viel zu viel aneinander reibt und in Hitze kommt. Wir merken, wie sich gut gemeinte und gut geplante Bemühungen um Hilfe festfressen und wie sich plötzlich nichts mehr dreht. Lassen Sie mich einmal von diesem Wort Krippe oder Kugellager ausgehen. Wenn sich die Welt heißläuft, könnte es ja auch daran liegen, dass wir Jesus aus den Prozessen und Bewegungen dieser Welt heraus getan haben. Wenn sich die Welt mit ihren Bemühungen festfrisst, könnte es ja auch sein, dass wir die Kugellager leer geräumt haben. Dann dreht sich freilich nichts mehr. Jesus Christus ist in die Krippe gekommen, nicht um Sand im Getriebe der Welt zu sein. Er will, dass die Weltgeschichte läuft, dass sie rund läuft. Er will, dass aus der Weltgeschichte Heilsgeschichte wird.

Jedes Jahr mache ich mich in der letzten Adventswoche an die Arbeit, um die Krippe aus der Hintersakristei hervorzuholen. Es ist eine große Krippe. Sie passt nicht in einen Schuhkarton oder in eine Schublade. Das ist gut so, denn der Mensch, dieser schreckliche Praktiker, möchte zu gerne die großen Geheimnisse Gottes auf Schuhkartonformat zusammenpressen und in Schubladen verschließen. Er lässt sich nicht gerne von Großem und Herrlichem stören. Aber Gottes Liebe will uns aus unserer Kellerbaratmosphäre und unserem Speisekammerdenken herausholen.

Darum gibt es den Stall von Betlehem. Und so mache ich mich ans Werk und räume im alten Seitengang unserer Kirche alles weg, was so im Laufe des Jahres vor den Krippenstall gestapelt worden ist: Baumaterial, Plakate, Podeste, alte Lampen, Ofenkacheln, Kanthölzer und Bretter. So ist das. Immer sind wir vom Weihnachtsfest begeistert. Und immer fangen wir wenige Tage nach Weihnachten wieder an, das wunderbare Geschehen mit Maria und Josef und dem Kind in der Krippe zuzubauen. Immer wieder sind wir sehr schnell dabei, die scheinbar so wichtigen und unverzichtbaren Bau-elemente unseres Lebens vor die Krippe zu sta-peln. Immer wieder versperrte ich mit meinem Wohlstandsmüll den Zugang zu Betlehem und zu der Krippe. Und dann verliert man aus den Augen und dem Gedächtnis, dass über Betlehem ein Stern geleuchtet hat und dass Engel bei den Hir-ten gesungen haben. Auch vorgestern war die Ar-beit mühsam, den Stall aus der hintersten Ecke hervorzuholen. Es kostete Kraft, die Hindernisse wegzuräumen. Ich sah etwas eingestaubt und ram-poniert aus, als der Stall endlich wieder bereit war, Ochs und Esel und das Kind zu beherbergen. Gott stellt uns sein Weihnachtsfest nicht wie eine Thea-teraufführung vor die Nase. Ein bisschen eigenes Tun und Zupacken und Mitdenken und Schwitzen gehört dazu. Fernsehweihnachten ist nicht Betle-hemweihnachten. Jetzt steht der Stall an seinem Ort, aber das Jesuskind ist noch nicht in der Krip-pe. Es kommt erst in der Heiligen Nacht. Und wenn alle Besucher der Kirche sich über die leere Krippe beklagen: Wir haben alles vorbereitet, so gut wir konnten. Aber Jesus kommt nicht, wann es der Umsatz des Weihnachtsgeschäftes will, sondern wenn die Zeit des Heils erfüllt ist.

Die Arbeit beim Aufbau unserer Krippe in der Kirche ist fast beendet. Manches lässt sich leicht an seinen Ort bringen, manches macht Schwierigkeiten. Wo stelle ich den Hirten mit seinem Schaf hin, damit er nicht am sechsten Januar dem König die Sicht auf das Kind in der Krippe verstellt? Es ist eine Begabung von uns, einander im Weg zu stehen und einander auf die Zehen zu treten. Das sollte wenigstens an der Krippe anders sein.

Seit Neuestem gehört ein Hund zu unserer Krippe. Er stammt vom Weihnachtsmarkt auf dem Alex. Dieses Tier kommt neben das Hirtenfeuer. Wir sind kein exklusiver Klub. Es ist nicht gut, wenn wir alteingesessenen Gemeindemitglieder die Krippe so blockieren, dass Neulinge keine Chance mehr haben. Natürlich merken manche, die an unsere Krippe kommen, dass der Schäferhund nicht zum ursprünglichen Bestand gehört. Das macht nichts. Jeder, der dazukommt, hat das Recht sich so mitzubringen, wie er ist. Das ist ja auch gar nicht anders möglich und sinnvoll. Vor einiger Zeit hat uns eine Nachbargemeinde ein Kamel zu unserer Krippe geschenkt. Da hat man so seine Probleme beim Aufbauen. Dieses Kamel beansprucht so viel Platz für sich, wie Kamele das so zu tun pflegen. Dieser Platz fehlt aber den anderen. Irgendwie wird sich das an der Krippe schon einrichten.

Den Ochsen unserer Krippe hat uns ein Restaurator nachmachen müssen. Irgendwie ist der Ochse des Originalbestands unserer über hundertjährigen Krippe abhanden gekommen. Auch das gehört zum Leben einer Pfarrgemeinde und zum Leben der Kirche. Nicht alle, die einmal an der Krippe gestanden haben, bleiben auch dort. Lebendige Menschen, die Jesus in der Krippe alleine lassen, sind nicht zu reproduzieren oder durch Kopien zu ersetzen. Nun kommt mein Spezialhirte an die Reihe. Der verliert jedes Jahr seinen Daumen. Den braucht er aber, um den Hirtenstab zu halten. Also muss ich jedes Jahr auch gleich eine Tube Alleskleber bereithalten und den Daumen wieder ankleben. Dann wird die Klebestelle mit Filzstift nachgemalt, damit sie nicht auffällt. Da haben wir es: Jedes Jahr stehe ich an der Krippe und verspreche Jesus, anders zu werden. Und im nächsten Jahr stehe ich wieder vor der Krippe mit denselben Brüchen in meinem Leben, mit denselben Unmöglichkeiten meiner Existenz, mit denselben Schwachstellen meines Glaubens, mit denselben Sünden. Und Jesus hält das aus. Er schickt mich nicht weg, sondern sagt: Komm her! Bei der ersten Weihnacht gab es weder Feier noch Empfangskomitee. Es standen weder Christbäume in der Gegend der Krippe, noch roch es nach Weihrauch wie in den Kirchen zur Mitternachtsmesse. Wonach roch es eigentlich? Was hat Jesus gerochen, als er das erste Mal in seinem Leben bei uns die Welt zu erschnuppern begann? Die Welt ist gut mit der Nase zu erkunden. Der Berliner Fernsehturm hat einen ganz anderen Geruch als die Berliner U-Bahn. Das KDW riecht anders als das Pergamonmuseum. Jesus hat natürlich alle diese Gerüche nicht wahrgenommen. Er roch etwas ganz anderes, nämlich Stall und Tier. Ich habe in meiner Kindheit Schafe und Ziegen gehütet. Von Parfüm ist da keine Rede. Es riecht nicht gut in der Welt, in die der Gottessohn kommt. Es ist dicke Luft in der Welt, in die uns Gott seinen Sohn sendet, damals wie heute. Wir haben Jesus nicht mit Rosenduft empfangen und noch nicht einmal mit dem kräftigen Geruch einer gut zubereiteten Mahlzeit. Es roch im Stall eben nach Stall, und das ist der Geruch von Schweiß, von einem kokelnden Feuer, von Tierausdünstungen und der Nässe auf den alten Balken. Wir würden unsere Nase nicht freiwillig in so etwas hineinstecken. Wir würden uns die Nase zuhalten, wenn es nicht gut riecht. Sagen wir es kräftiger und deutlicher: wenn es stinkt. Wir würden den schlechten Geruch mit einem Deodorant vertreiben oder zumindest überlagern. Jesus sortiert die Welt nicht nach angenehmen und unangenehmen Gerüchen. Jesus hält sich nicht die Nase zu vor dem Gestank, den die Menschheitsgeschichte verströmt. Der Mensch gewordene Gottessohn ist da, wo es qualmt. Er tut das, weil er uns riechen kann. Wir bekommen von ihm nicht den Befehl, schleunigst zu verduften. Später in seinem Leben wird Jesus Christus dann mit dem Geruch des Todes konfrontiert werden, als sein Freund Lazarus schon drei Tage im Grabe liegt. Man wird Jesus vor diesem Todesgeruch warnen: Herr, er riecht schon. Aber der Herr wird auch mit diesem Extremgeruch fertig. Wo Jesus ist, hat man wieder Luft zum Atmen und Duft zum Schnuppern. Wir dürfen uns auf den Duft von Weihnachten freuen. Er ist die Ankündigung der nicht zu fassenden Tatsache, dass die ganze Welt einmal Duft sein wird. Wir werden dann uns alle riechen können.

Es ist vier Tage vor Weihnachten, und die Frauen und Männer bei den Herden von Betlehem wissen noch nicht, dass sie zu Jesus gehen sollen. Es ist dunkle Nacht über den kargen Weiden von Betlehem, und keiner spürt, dass die dunkle Nacht strahlend hell unter dem Glanz der Engel sein wird. Vier Tage vor Weihnachten ahnen weder Ochs noch Esel noch Schafbock noch Ziege, dass der Gottessohn kommt. Der Stall ist da, aber keiner kann vermuten, dass er in vier Tagen zum berühmtesten Stall der Weltgeschichte wird. Die Szene des Beginns der Erlösung der Welt ist aufgebaut. Das große Spiel der Liebe Gottes zu uns kann beginnen. Doch Mensch und Tier und Baum und Stein sind ahnungslos. Und auch die religiös zuständigen Spezialisten, als da sind Priester und Propheten, merken nichts. So ist das. Gott geht auf uns zu, weil er uns aus unseren Egoismen und Sinnlosigkeiten herausholen will. Aber in uns regt sich nicht die leiseste Ahnung, dass es einen Gott geben könne, der sich total an uns verschenkt. Gott wird uns in vier Tagen mit den Augen seines Sohnes Jesus Christus anschauen. Aber unsere Augen kleben an den Bildschirmen der Fernseher und an den Mattscheiben der Computer. Wir ahnen nichts und wollen nichts ahnen. Wir spüren nicht und wollen nichts spüren. Die Krippendarstellungen in den Schaufenstern bringen nicht mehr zum Nachdenken. Die ersten von ihnen habe ich schon Ende Oktober gesehen. Das macht nicht froh. Doch sollten wir nicht zu pessimistisch sein. Gott hat es geschafft, mit der Geburt seines Sohnes die Hirten aus ihrer Ahnungslosigkeit herauszuholen. Er hat es geschafft, in Betlehem die Szene der alltäglichen Vergesslichkeiten und Beschäftigtheiten aufzubrechen, und zwar ohne Vorankündigung und Vorwarnung. So einfach aus dem Stand. Gott kommt, wenn keiner mit ihm rechnet. Gott kommt, wenn ich gerade mit etwas total anderem, etwas ganz und gar nicht Religiösem, etwas geradezu Nebensächlichem beschäftigt bin. Ich werde keine Zeit mehr haben, mir die Haare zu kämmen, mir ein Gebetbuch zu suchen, mir einen Platz der Stille zu sichern. Wenn es die Schafe und die Ochsen und die Esel gemerkt haben, werde ich es auch merken. Er wird da sein.

# Wie das Christkind in die Windeln kam

*Martina Steinkühler*

Es war einmal ein Tag (tausend Jahre sind bei Gott wie ein Tag), da sah Gott von seinem Thron im Himmel (oder wo auch immer) auf uns herunter oder zu uns herüber (wie auch immer) und sagte zu den Engeln: „Ich muss mal wieder unter Menschen." Er gab das Fernglas weiter und sagte: „Seht doch selbst: Die Menschen laufen in die Irre wie Schafe. Sind sie nicht wie Schafe, die keinen Hirten haben?"

„Sie brauchen dringend einen Hirten, Herr", sprach Gabriel, der Verkündigungsengel. „Du kannst nicht ihr Hirte werden, Herr", sprach Michael, der Wert auf Ordnung und Anstand legte. „Das ist kein Job für einen König."

Gott runzelte die Stirn. „Jeder gute König ist ein Hirte", bemerkte er. Dann erklärte er, er werde in Kürze zur Erde fahren (tausend Jahre sind bei Gott wie ein Tag). „Gute Reise", sagte Rafael, der Reise-Engel.

Die Engel begannen, Gottes Reise zu planen. Zuerst sprachen sie darüber, welchen Ort Gott für seinen Besuch wählen sollte. „Es sollte eine prachtvolle Stadt sein", meinte Gabriel, „mit einem schönen, großen Palast. Viele Menschen würden Gott empfangen. Sie würden ihm einen roten Teppich ausrollen und Hurra schreien." Michael stieß ihn in die Seite. „Halleluja", zischte er. „Das heißt Halleluja."

„Es sollte nicht zu heiß und nicht zu kalt sein", meinte Rafael. „Es dürfte nicht zu viel regnen und nicht zu wenig. Wie wäre es mit einer Stadt in Europa? In Deutschland vielleicht – vielleicht München?" Michael stieß auch ihn in die Seite. „Das Wetter spielt keine Rolle", sagte er. „Gott macht das Wetter, schon vergessen?"

„Israel", sagte plötzlich Gott, „ich muss nach Israel." Er stellte das Fernglas scharf auf ein heißes, trockenes Land. Da gab es Berge, ein Meer und einen Fluss. Rafaela, die Nachwuchs-Engelin, hob scheu den Finger. „Das Land der Väter", sagte sie, „das Land, darin Milch und Honig fließt. Das Land der Verheißungen, das Land der Freiheit." Michael wandte sich besorgt an Rafael: „Was hat sie?" Rafael warf sich stolz in die Brust. Rafaela war seine Schülerin. „Gelesen", sagte er, „sie hat gelesen. Alles, was sie sagt, steht in Gottes Buch geschrieben. Gott liebt Israel, er hat es früher schon besucht. Und viele Menschen dort erwarten, dass er wiederkommt."

„Dann ist es abgemacht", sagte Gabriel, der Verkündigungsengel. „Gott besucht die Menschen in Israel." Als Nächstes sprachen sie darüber, was Gott anziehen und mitnehmen sollte. „Wie könnt ihr fragen?", meinte Michael. „Er muss das Feinste vom Feinen haben. Wir nähen ihm Gewänder aus Samt und Seide, wir schmieden ihm eine Krone, Ringe, eine breite Kette mit einem Adler …"

Rafaela hob wieder die Hand. „Taube", sagte sie, „du meinst wohl eine Taube." Michael ärgerte sich. „Tauben sind dumm und machen Dreck", sagte er. „Warum sollte ich eine Taube meinen?" Er schaute verzückt nach oben. „Aber ein Adler", fuhr er fort: „Wie stolz und wie frei schwebt der Adler über dem Land! Mit Ehrfurcht sieht man ihn, mit Staunen."

„Tauben sind großartige Reisende", sprach Rafael. „Wohin sie auch geraten: Sie finden immer wieder heim" Rafaelas Freundin Gabi seufzte. „Das wäre gut", sagte sie, „wenn Gott bald wieder heimkäme." Gott nickte ihr zu. „Ich nehme eine Taube mit", versprach er, „eine weiße."

Sie brachten Gott Kleider aus Samt und Seide, eine Krone, Ringe und eine weiße Taube. „Du musst die Kleider anprobieren, Herr", sprach Michael. Gott legte das Fernglas weg.

„Tu du's für mich", bat er. Da hüllten sie Michael in königliche Gewänder und setzten ihm die Krone auf. Er strahlte königlich und reckte das Kinn. „Wie sehe ich aus?", fragte er in die Runde. „So stolz und so frei wie ein Adler", sagte Gabriel.

Die weiße Taube hockte auf der Lehne des Throns und sah zu. Dann erhob sie sich und flatterte ein paar Mal um Michaels Kopf. Sie machte mächtig Wind. Die Krone verrutschte und fiel zu Boden. Michael konnte nicht umhin, ein böses Wort zu sprechen. Und dann geschah es: Als er sich nach der Krone bückte, ließ die Taube etwas fallen. Es landete in Michaels Nacken und floss ganz langsam in den königlichen Kragen. Gabi lachte und Rafaela fiel mit ein. „So viel zur Würde eines Königs", sagte Gott. „Ich glaube, besser wäre es: Ich gehe in Windeln auf die Erde."

„Du hast einen Auftrag oder zwei", sprach Gott zu Gabriel, dem Verkündigungsengel. „Such mir eine gute Mutter. Ein Kind, das in Windeln in der Krippe liegt, braucht eine gute Mutter." Michael saß abseits. „In Windeln", murrte er, „in einer Krippe." Er fuhr sich durch die Locken. „Gott ist Gott", sagte er. „Gott braucht nichts und niemanden."

„Eine gute Mutter", wiederholte Gott. Er erhob ein wenig die Stimme. „Keinen Vater?", fragte Gabi. „Natürlich", sagte Rafael, „er braucht auch einen guten Vater." Michael murrte wieder. „Gott ist Gott", sagte er. „Er ist sein eigener Vater."

Gabriel ließ sich von Rafaela in den Reisemantel helfen.

„Gott kann alles", sagte er. „Gott kann beides sein: Gott Vater und Gott Sohn." Rafaela ließ die Arme sinken. „Ein Sohn?", fragte sie enttäuscht, „das Kind in der Krippe wird ein Junge sein?"

Michael stand auf und kam aus seiner Ecke. „Was hat sie?", fragte er. „Gelesen", sagte Rafaela selbst.

„Ich habe in Gottes Buch gelesen: Ich will euch lieben, spricht Gott, wie einen eine Mutter liebt." Gott drehte sich um und lächelte sie an. „Das Kind in der Krippe könnte genauso gut ein Mädchen sein", sagte er.

„Aber es steht auch geschrieben: Wie sich ein Vater über seine Kinder erbarmt, so erbarmt sich Gott über euch."

„Was heißt Erbarmen?", fragte Gabi. „Ich geh dann jetzt", sagte Gabriel „Gib mir deinen Geist mit, Herr, damit ich alles richtig mache." Er kniete sich vor Gott hin und Gott legte seine Hände auf den gesenkten Kopf des Engels.

„Amen", sagte Gabriel. Gabriel war schon am Himmelstor, als Rafaela ihn am Mantel zupfte. Scheu hielt sie ihm das Buch hin. „Nimm es mit", sprach sie, „da steht alles geschrieben."

Gabriel hatte Sorgen. Für Gott eine Mutter und einen Vater zu suchen, das war keine leichte Aufgabe. „Heiliger Geist hin und her", sagte er: „Da kann man viele Fehler machen." So reiste er durch Israel und tat zunächst mal nichts.

Das heißt, in Wahrheit tat er etwas Wichtiges: Er sah sich Menschen an und hörte ihnen zu. Sie aber merkten nichts davon (Engel sind unsichtbar, solange sie wollen). Gabriel sah Priester und Schriftgelehrte und hörte sie von Gott erzählen. Sie hatten Gottes Buch gelesen, so wie Rafaela, und Gabriel fand, sie waren klug und fromm. Gabriel sah Bauern, Fischer und Handwerker und hörte sie von ihrem harten Tagwerk reden. Sie dankten Gott für jede Ernte, für jeden Fang und jedes vollendete Werkstück. Sie hatten Gottes Buch wohl nicht gelesen. Sie verließen sich auf das, was sie sahen und hörten. Gabriel fand sie weise. Gabriel sah Bettler, Aussätzige und Verstoßene und hörte sie weinen. Unheil hatte sie getroffen und sie konnten sich nicht selbst befreien. Sie saßen da, an den Rändern der Dörfer, einsam und allein. Sie warteten und manche riefen Gott. Gabriel wusste nicht, was er denken sollte. Er wandte sich rasch ab.

„Genug", sagte Gabriel sich schließlich, „Gott will ja nicht ewig warten." Rasch machte er sich auf den Weg in die große Stadt Jerusalem und dort zum Palast des Königs Herodes. Es war ein prachtvoller Palast, Pfauen gingen im Garten spazieren, Springbrunnen plätscherten und Diener huschten lautlos hin und her. „Hier ist gut sein", sprach Gabriel.

Gerade öffneten sich die Tore des Palasts und es erschien eine bunt gekleidete, wohlgenährte fröhliche Schar. Lachend und plaudernd zogen sie in den Garten. Diener trugen Sonnenschirme für die Prinzen und Prinzessinnen und für den König. „Da ist er!", sagte Gabriel. Er zeigte sich noch nicht. Der König Herodes trug Samt und Seide und eine Krone. Er war reich geschmückt und sprach von gutem Essen, von höheren Steuern und von Schätzen.

„Das ist der Richtige", sagte sich Gabriel. „Dieser Mensch ist mächtig und reich – er wird den Gottessohn beschützen."

Und er war drauf und dran, Herodes zu erscheinen. Eine Taube aber, die auf dem Dach des Pavillons gesessen hatte, flog auf und kreiste über den Menschen. Und als sie gerade über Herodes schwebte, ließ sie etwas fallen.

Der Diener mit dem Schirm war schnell. Der Klacks traf nur den Sonnenschirm. Herodes aber zuckte zusammen und sah voll Zorn nach oben. „Erschießen, sofort!", befahl er. Soldaten kamen mit Pfeil und Bogen. Sie zielten auf die Taube und einer der Pfeile durchbohrte ihr Herz.

Gabriel schüttelte den Kopf. „Heiliger Geist hin und her", sagte er, „den mag ich nicht. Ich will ihm

nicht erscheinen und will ihm nichts verspre-
chen." Und eilends verließ er Jerusalem.

„Ich werde ihm abraten", nahm Gabriel sich vor.
„Ich werde Gott von diesem Besuch bei den Menschen abraten. Es ist zu unsicher. Es könnte ihm
ergehen wie dieser Taube."

Gabriel hatte Jerusalem hinter sich gelassen und
kam durch einen Ort namens Bethlehem. Rings um
den Ort waren weite Felder. Hirten weideten dort
ihre Schafe. „Hier will ich mich ausruhen", sagte
Gabriel, „ich bin fürs Reisen nicht geschaffen."

Er fand einen verlassenen Stall, und weil Engel es
sich überall bequem machen können, suchte er
nicht weiter, sondern blieb dort über Nacht. Aber
obwohl er müde war (im Himmel schlafen Engel
nicht, auf Erden aber schon!), kam er nicht zur
Ruhe. „Es liegt an diesem Stall", sagte er. Misstrauisch sah er sich um. Aber er konnte nichts Be-
sonderes entdecken. Der Stall war leer. Eine Krippe stand da, mit Stroh gefüllt, ein paar Strohballen
waren ringsum aufgestapelt. Im Gebälk schlief ein
Taubenpaar. „Könnte ich doch auch schlafen!",
sagte Gabriel. Und weil sein Wunsch sich nicht
erfüllte und weil er sich langweilte, begann er, in
Gottes Buch zu blättern.

Da steht alles geschrieben, hatte Rafaela gesagt. „Das wollen wir doch mal sehen", sagte Gabriel Dann fand er es. Gottes Buch bestand aus vielen Schriften, und in der Schrift des Propheten Micha stand geschrieben: „Und du, Bethlehem, du kleine Stadt: Ein Großer wird in dir geboren, ein König und ein Retter."

Gabriel stand auf. Unruhig ging er hin und her. Immer wieder las er die Worte. Da stand alles geschrieben. „In Bethlehem also", sagte er. „Es steht schon fest. Ich kann es gar nicht verhindern."

Michael war außer sich. Mit flatterndem Mantel eilte er vom Thron zum Schreibpult und zurück. „Du hast was?", fragte er. „Sag es noch einmal! Du hast ...?"

Gabriel hatte seinen Reisemantel abgelegt, auf einer Wolke Platz genommen und streckte seine Beine von sich. „Ich bin zum Reisen nicht geschaffen", sagte er. Rafael, der Reise-Engel, schüttelte den Kopf. „Zum Verkündigen auch nicht, wie es scheint." Denn seit Gabriel von seinem Botengang zurück war, ließ Michael kein gutes Haar an dem, was er berichtete. „Ich habe einen Vater gefunden für Gottes Herold Johannes", wiederholte Gabriel geduldig, „und eine Mutter für Gott selbst." Michael blieb vor ihm stehen. „Und was für eine!", rief er laut. „Ich wette, sie ist eine Magd und arm und unerfahren und weiß von keinem Mann."

„Ich habe sie jetzt schon lieb", sprach Gott. Er trat mit seinem Fernglas näher. „So wie du sie beschreibst, muss sie genau die Richtige sein." Michael schwieg still. Er traute seinen Ohren nicht. Gabi und Rafaela tuschelten. „Herr", sagte Rafaela schließlich, „wir würden sie gern sehen." „Sie könnte Hilfe brauchen", fügte Gabi rasch hinzu, „zum Beispiel wenn der Bräutigam erfährt, dass sie schon vor der Hochzeit schwanger ist."

„Das werdet ihr kaum ändern", meinte Michael. „Ich finde die Idee nicht schlecht", sprach Gott, „Mädchen und Mädchen passen gut zusammen, auch wenn die einen Engelinnen sind, die andere bald Gottesmutter." So kam es, dass auch Gabi und Rafaela Reisemäntel nahmen, ihre Flügel schwangen und zum ersten Mal zur Erde kamen. Sie fanden Josef in seiner Werkstatt, denn Josef war ein Tischler. Er machte Möbel, Fensterläden und Krippen. Die Menschen in Nazareth schätzten ihn. Er war ein guter Tischler. Gabi und Rafaela hockten sich auf das Dach der Werkstatt und überprüften ihre Unsichtbarkeit. Sie hatten keine Erfahrung mit Menschen und trauten dem Frieden nicht recht. „Sieh, da kommt ein Mädchen", sagte Gabi. „Ich will ihr winken. Wenn sie zurückwinkt, wissen wir, dass wir sichtbar sind."

Das Mädchen kam singend näher. Es trug ein Brot und einen Käse, das Mittagsmahl für Josef. Als sie an die Tür der Werkstatt klopfte, beugte Gabi sich weit vor. „He", rief sie, „bist du Maria?" Das Mädchen blickte auf, weil Tauben gurrten. Sonst aber blieb es ruhig und trat dann gleich bei Josef ein. „Sie hat uns nicht gesehen", sagte Gabi. „Sie hat uns nicht gehört. Komm, wagen wir uns näher." Durch ein Fenster sahen sie zu, wie Josef das Mädchen begrüßte. „Maria", sagte er, „wie lieb von dir, dass du an mich denkst." Maria lachte fröhlich. „Wie sollte ich nicht an dich denken, Josef? Nur noch wenige Tage, dann feiern wir Hochzeit." Auf einmal zog ein Schatten über Josefs Gesicht. Gabi spürte Zweifel. „Du meine Güte", sagte sie erschrocken, „ist er nicht der Richtige?"

Als Maria sich verabschiedete, steckten Gabi und Rafaela die Köpfe zusammen. „Hast du es bemerkt?", fragte Gabi, „Josef hat Zweifel an Maria." Rafaela nickte ernst. „Er will sie sitzen lassen."

Gabi wurde blass. „Das darf er nicht!", rief sie. „Denk an den Stammbaum ..."

Am liebsten wäre Gabi gleich losgestürmt und hätte Josef die Meinung gesagt. Aber Rafaela hielt sie fest. „Denk an Michaels Worte", sagte sie. „Wir dürfen nicht erscheinen." Gabi stampfte mit dem Fuß auf. „Aber das ist ein Notfall!", rief sie wild. Dann grinste sie plötzlich. „Lass mich nur machen", sagte sie. „Ich habe einen Plan." Rafaela war entsetzt. „Du wirst doch nicht ...?" „Nein", sagte Gabi, „ich werde nicht erscheinen."

Josef hatte Kopfweh. Vielleicht war es auch Herzweh. Seit Maria und er Kinder gewesen waren, hatte er Maria lieb. Immer wenn jemand ihn fragte: „Wen willst du denn mal heiraten?", hatte Josef geantwortet: „Maria." Nun aber, so kurz vor der Hochzeit, hatte er gehört, dass Maria schwanger war. Wie konnte er sie da noch heiraten?

Josef wollte nicht darüber reden. Er wollte ihr auch nicht wehtun. Er wollte einfach nur weg. Mit Kopfweh und Herzweh packte er sein Bündel. Dann drehte er sich weg, um seine Werkzeuge zusammenzusuchen. Als er sich wieder umdrehte, lag der Inhalt seines Bündels zerstreut am Boden. „Wer war das?", fragte Josef misstrauisch. Er kratzte sich am Kopf.

Dann hob er die Schultern und begann von vorn. Josef war ein geduldiger Mann. Als er fertig war, fehlte ihm nur noch Wegzehrung. Er beugte sich über seinen Vorratstopf und holte Nüsse und getrocknete Früchte heraus. Als er sich wieder umdrehte, lag der Inhalt seines Bündels zerstreut in der ganzen Werkstatt herum.

„Aber das ist unmöglich!", rief er erstaunt. Ein drittes Mal begann er zu packen. „Unmöglich ist es", sagte ihm eine Stimme, „Maria allein zu lassen. Sie braucht einen guten Vater für ihr Kind. Und einen guten Mann an ihrer Seite." Er hielt inne und dachte nach. „Aber woher ...?" Er konnte vor Herzweh kaum sprechen. „Woher hat sie das Kind?" „Warum fragst du sie nicht?", sprach wieder die Stimme. „Du weißt, sie wird nicht lügen." Josef nickte. „Ja", sagte er. „Du hast recht." Auf einmal hatte er keine Schmerzen mehr, Da wusste er, dass es die Stimme seines Herzens gewesen war, die zu ihm gesprochen hatte.

Die Engel, große und kleine, standen am Himmelstor versammelt – alle bis auf Michael. Sie sangen Halleluja und „dreimal heilig" und „lobet den Herren". Rafael dirigierte sie. Gabi stieß Rafaela nervös an. „Das ist doch gewiss nicht uneretwegen?"

Rafael entdeckte die beiden Nachwuchsengelinnen mit einem Seitenblick. „Rasch an eure Plätze!", befahl er. „Wir konnten nicht länger warten." „Womit?", fragte Gabi. Aber Rafaela nahm nur ihren Arm und zog sie in die Mitte der ersten Reihe, wo eine Lücke klaffte wie in manchen Kindergebissen. „Die Kleinen nach vorn", das war eine unumstößliche Regel im Himmel.

„Gut", sagte Rafael plötzlich und winkte ab. „Den Rest üben wir auf dem Weg. Wir müssen los." Und alle Engel auf einmal schlugen mit den Flügeln. Das rauschte wie das Meer, wenn ein jäher Wind darüberstreicht, und lüftete die Gewänder.

„Wohin?", fragte Gabi. Sie beeilte sich, an Gabriels Seite zu fliegen. „Nach Beth-Beth-Bethlehem!", rief ihr Michaela zu, die einzige Engelin, die noch jünger war als Gabi. Michaela war rot im Gesicht. „Keiner darf fehlen. Sogar – sogar", sie konnte vor Aufregung kaum weitersprechen, „sogar ich werde gebraucht."

„Ihr wart lange weg", sagte Gabriel zu Gabi. „Tausend Jahre sind bei Gott wie ein Tag", murmelte

Gabi. „Jaja", sagte Gabriel zerstreut, „und heute ist die Nacht der Nächte."

„Gott wird geboren!" Die Engel begannen alle auf einmal zu singen, obwohl Rafael kein Zeichen gegeben hatte. „Gott wird als Kind geboren, in Bethlehem, in Davids Stadt."

„Wo ist Gott?", fragte Rafaela den Reise-Engel Rafael, ihren Lehrer. Rafael hob die Schultern. „Ich habe ihn schon eine Weile nicht gesehen", meinte er. Gabi kam zu ihnen. „Na, der wird doch gerade geboren!", warf sie ein. Rafaelas Gesicht wurde ernst. „Ganz und gar?", fragte sie sorgenvoll. Dann fügte sie ängstlich hinzu: „Und wir?" Gabi lachte. „Wir sehen uns das an und singen wie verrückt!"

Die Nacht der Nächte war so finster und kalt, wie eine Winternacht in Israel nur sein konnte. Still war sie leider nicht. Es war zu der Zeit, als der römische Kaiser Augustus befohlen hatte, alle erwachsenen Männer seines Reiches zu zählen: Römer und Gallier, Griechen und Germanen, Briten, Kelten – und die Menschen in Israel: Galiläer, Samaritaner und Judäer. Damit sie gezählt werden konnten, mussten sie alle in ihre Heimatstädte gehen. Dort sollten sie sich in Listen eintragen lassen. Und so waren in der Nacht der Nächte viele Männer mit ihren Familien auf der Wanderschaft.

Die Städte liefen über von fremden Menschen. Sie alle suchten Unterkunft für die Nacht, am liebsten bei Verwandten. Wo es keine Verwandten gab, blieb nichts anderes übrig, als von Tür zu Tür zu gehen: Hast du einen Platz für mich, hast du Mitleid?

Die Engel, die vom Himmel kamen, um in der Nacht der Nächte das Kind in der Krippe zu begrüßen, gingen dem Trubel aus dem Weg. Sie kannten den Stall, in dem die Geburt sich ereignen würde: jenseits von Bethlehem, dort, wo die Felder sich dehnten, wo nichts war außer Schafen und ein paar einsamen Hirten.

„Gut, dass Michael das nicht sieht", bemerkte Rafael, der Reise-Engel, als der Stall in Sicht kam. Michael, der Wert auf Ordnung und Anstand legte, war im Himmel geblieben. Er sollte darauf achten, dass alles seinen Gang ging – Mond und Sterne, Sonne und Wolken. Außerdem grollte Michael, weil Gott keinen feinen Palast für seine Geburt gewählt hatte.

Der Stall war leer. Er war windschief und halb zerfallen. Man sah ihm an, dass er lange nicht mehr gebraucht worden war. Einige Ballen Stroh lagen herum und in der Mitte stand eine Krippe. „Die Krippe", sagte Gabriel und pustete Engelsatem hinein. Im Nu füllte sie sich mit duftendem Heu. „Wir brauchen auch Holz für ein Feuer", fuhr er fort, „Maria und Josef werden bald hier sein." Er überlegte. „Und ein paar Tiere könnten nicht schaden", fügte er hinzu, „sie sorgen für Wärme und Nähe."

Die anderen Engel machten sich an die Arbeit. Nur Rafaela, die Nachwuchsengelin, sah sich suchend um. Sie vermisste ihre Freundin Gabi – und sie hatte auch eine Ahnung, wo sie sie finden würde. „Ich sehe mal, was ich machen kann", sagte sie vage.

Josef fand den Stall rasch und leicht. Dass das an Rafaela und Gabi lag, die neben dem Esel gingen und ihn trieben, ahnten weder er noch seine Frau. „Wo – wo – wo – wart ihr?", begrüßte die kleine Michaela die beiden. „Wehe, du petzt", entgegnete Gabi knapp. Der Stall sah mittlerweile gemütlicher aus. Ein kleines Feuer brannte. Ein Ochse lag widerkäuend im Stroh. Josefs Esel gesellte sich müde dazu.

Maria sah sich um und sagte: „Hier ist es gut." Sie

wandte sich an Josef. „Ich will eine kurze Weile alleine sein", sagte sie. „Richte du uns inzwischen ein Lager." Josef war einverstanden. Gabi nicht. „Die Geburt", flüsterte sie aufgeregt, „das kann sie nicht allein!" „Ich glaube", sagte Rafaela, „Gott wird bei ihr sein." Die drei Nachwuchsengelinnen begannen leise zu singen, ein Lied, das von Müttern und Kindern handelte und von der Freude, die sie einander schenken konnten. Das Lied wurde gestört, als auf einmal ein Schrei erklang.

Der Schrei zerriss die Nacht und stieg zum Himmel. Ein neuer, großer Stern ging auf und verkündigte bis in das ferne Morgenland: „Gott ist zur Welt gekommen."

Josef brachte seine Frau und das Kind zurück in den Stall. Er bettete Maria auf das Lager. Das Kind hielt er ins Licht der Sterne. „Jesus", sagte er. „Du sollst Jesus heißen. Und Gott sei Dank, dass ich so etwas erlebe!"

Das Kind war so winzig, dass er ihm aus seinem Taschentuch eine Windel falten konnte. Er wickelte es sorgfältig und legte es in die Krippe. „Jesus", sagte Josef „wenn wir zu Hause sind, schnitze ich dir eine Wiege." Da strampelte Jesus und lachte.

„Gott", sagte Gabi, „ist das nun Gott? Wie kann er so klein sein, so hilflos? Stell dir bloß vor, er käme in falsche Hände!"

Gabriel trat an ihre Seite. „Wir haben für die richtigen gesorgt", meinte er zufrieden. „Wir – und das heißt genau genommen: Gott selbst." Gabi verstand ihn nicht. Auf alle Fälle beschloss sie, auf das Baby aufzupassen.

# Eine Tüte voller Zimtsterne

## Marlies Bardeli

Und wieder saß der Alte dort, an diesem elften
Dezember, wie jeden Tag, den Rücken an die Kauf-
hauswand gelehnt, in eine Decke gehüllt, vor sich
die Mütze.

Hin und wieder warf jemand einen Groschen hinein. Manchmal rempelte ihn einer an, denn die
Fußgänger drängten sich um diese Zeit vor Weihnachten in der Mönckebergstraße.

Überall glitzerten die Lichter. Die Weihnachtsbe-
leuchtung war besonders prächtig in diesem Jahr.
Drüben vor dem Kaffeegeschäft bewegte ein au-
tomatischer Weihnachtsmann langsam seinen

Oberkörper von links nach rechts, wobei der Motor in ihm leise schnurrte. Neben der Würstchenbude suchten Tauben nach Futter. Ab und zu warfen ihnen die Leute Brocken von ihren Brötchen zu. Einer trat mit dem Fuß nach ihnen.

Ob ich mir einen Glühwein holen soll?, dachte der alte Mann und zählte die Groschen.

Doch es reichte nicht. Er musste noch eine Weile sitzen bleiben. Einfach nur so dasitzen brachte aber nicht viel ein. Vielleicht sollte er wieder einmal zaubern wie früher. Aber er war zu müde dazu und erinnerte sich kaum noch an die Tricks.

Oder singen. Vielleicht sollte er singen. Lieder von der Seefahrt und vom Hafen. Er kannte einige. Er hatte früher einmal auf einer Werft gearbeitet. Eine Zeit lang war er auch zur See gefahren. Aber das war lange her.

„Winde wehn, Schiffe gehn", begann er. Doch es hörte niemand zu. Alle hatten es eilig und trugen Tüten mit Geschenken. Fast niemand sah ihn an. Der Platz war auch nicht besonders günstig. Viel lieber hätte er näher am Hauptbahnhof gesessen. Aber dort waren schon die anderen, Wilhelm, der Säufer, Hubert, der Schäfer mit seinen drei Hunden und die Lumpentrude. Hamburg war in Reviere aufgeteilt. So gab es unter den Bettlern wenigstens keinen Streit und man hatte gewissermaßen seinen festen Kundenstamm.

So konnte er jeden Tag auf bestimmte Leute warten. Am späten Vormittag kam immer der Herr mit dem schwarzen Mantel. Er ging eine Zeitung, Weißbrot und Rotwein kaufen. Ein Langschläfer mit einem Abendjob im Thalia-Theater. Manchmal blieb er bei dem alten Mann stehen und erzählte ihm von dem Stück, das am Abend aufgeführt werden sollte. „Diesmal spielen wir Molière", sagte er heute. „Tartuffe."

„Viel Erfolg!", wünschte der alte Mann. „Können wir gebrauchen", sagte der Mann vom Theater und warf eine Mark in die Mütze.

Nun reichte das Geld für einen Glühwein. Der alte Mann streifte die Decke von den Schultern und schlenderte zum Weihnachtsmarkt hinüber, der um die Petri-Kirche herum aufgebaut war. Wie gut der Glühwein roch! Und wie gut er schmeckte! Er wärmte die Hände, die Kehle und ein bisschen sogar das Herz. Der alte Mann trank ihn in ganz kleinen Schlucken und so langsam wie möglich. Gern hätte er noch gebrannte Mandeln gegessen. Oder einen Spritzkuchen. Oder ein Fischbrötchen mit Matjeshering oder Aal. Aber das Geld war ausgegeben. So schlenderte er wieder zurück und hüllte sich in seine Decke ein.

Ob der Junge mit den Inlineskates wieder kommen würde? Er lief immer Figuren um ihn herum und unterhielt sich mit ihm. Und seit Anfang Dezember hatte er jeden Tag eine Überraschung für ihn. Der alte Mann sammelte die Dinge, die der Junge ihm in die Mütze tat. Wenn der Junge kam, war es ein wenig so, als würde ein Türchen eines Adventskalenders geöffnet. Am 1. Dezember hatte er eine Murmel bekommen, leuchtend blau, am 2. war es ein Schokoladentaler gewesen, in Goldfolie verpackt, und am 3. hatte der Junge einen Apfel gebracht, Cox Orange. Den hatte der alte Mann gleich gegessen.

Da kam die Kundin mit dem grünen Hut. Wie immer gab sie ihm ein Fünfzigpfennigstück. „Danke und schönen Tag noch", sagte der alte Mann.

Dann sah er eine Weile nur auf die Beine der Leute. Schnelle und langsame Schritte, schlurfende, hinkende, hüpfende. Schwarze und braune Hosen, lange und kurze Röcke, feine und grobe Strümpfe, hochhackige und flache Schuhe, elegante und klobige. Ein Wirbel von Beinen wie ein seltsamer

Tanz. Es waren auch Inlineskater darunter. Aber der Junge war nicht dabei.

Am 4. Dezember hatte er ihm einen Flummi in die Mütze gelegt. Mit dem spielte der alte Mann manchmal, wenn ihn niemand sah. Der Flummi brachte ihn zum Lachen, keinem lauten, das man außen sah und hörte, vielmehr einem inneren Lachen, das in ihm gluckste. Am 5. Dezember hatte er eine Walnuss bekommen und am 6., dem Nikolaustag, einen kleinen Weihnachtsmann aus Schokolade. Am 7. …

Ein Herr tat eine Mark in die Mütze. „Vielen Dank!", sagte der alte Mann und versuchte zu singen: „Vierzehn Mann auf des toten Manns Kiste." Ein Ehepaar blieb stehen und hörte ihm zu. Dann gaben sie ihm etwas.

Am 7. Dezember hatte ihm der Junge eine Lakritzschnecke gebracht, am 8. einen selbst gebastelten Strohstern und am 9.? Was war es noch gewesen?

„Na, Pit?", fragte Wilhelm, der Säufer. „Haste was dagegen, wenn ich mich 'n Momentchen zu dir setze?"

„Aber nein", sagte der alte Mann.

Wilhelm bot ihm seine Flasche an und er nahm einen Schluck. Das wärmte ihn. Sie redeten ein bisschen hin und her. Wilhelm war nicht sehr gesprächig. Er hatte zu viel getrunken. Irgendwann kippte er zur

Seite und schlief ein. Der alte Mann legte seine Decke über ihn. Schnee begann zu fallen. Die leichten Flocken setzten sich auf sein Haar. Zum Glück hatte er den warmen Mantel.

Was war es noch am 9. Tag gewesen? Ach ja, die kleine bunte Plastikfigur aus dem Überraschungsei, ein Nilpferd mit einem Tennisschläger.

Der alte Mann rieb sich die Hände. Trotz der Handschuhe waren sie kalt. Dann bewegte er die Zehen in den Stiefeln, um die Füße zu wärmen. Es half nicht viel. Darum stand er auf und tanzte, zuerst kaum merklich, dann immer stärker. Dazu sang er: „Flattern vom Mast unsre Flaggen im Wind."

Es gefiel den Leuten und die Mütze füllte sich. Als dem alten Mann warm genug war, setzte er sich wieder. Neben ihm schlief Wilhelm und schnarchte ein bisschen.

Gestern hatte der Junge ihm eine Zigarre gebracht. Er hatte sie mit feierlicher Miene geraucht und der Junge hatte neben ihm gehockt und dabei zugesehen. Dann hatte er mit seinen Inlineskates einige Bögen vor ihm gezogen und war verschwunden.

Der alte Mann hielt Ausschau. Wie spät war es eigentlich? Kurz nach vier Uhr nachmittags. Der Junge kam nie zur gleichen Zeit, sondern wann er gerade Lust hatte.

Es begann zu dämmern. Die Flocken fielen leicht um ihn her. „Wir fahren übers weite Meer, hullabaloo, balay, die Heimat sehn wir nimmermehr, hullabaloo, balay!", sang der alte Mann. Neben ihm grummelte Wilhelm im Schlaf, aber er wachte nicht auf.

Gleich ist es sechs, dachte der alte Mann, und der Junge ist immer noch nicht da. Gleich werden die Glocken mit dem Sechs-Uhr-Läuten beginnen, die Geschäfte werden schließen und die Straße wird bald menschenleer sein. Ich werde noch eine Weile bleiben und warten.

Da kam der Junge auf seinen Inlineskates angesaust. Er stoppte vor dem alten Mann, lachte und rief: „Hallo, da bin ich wieder!"

„Hallo!", sagte der alte Mann erleichtert. „Wie gut! Ich habe schon gewartet."

„Das habe ich mir gedacht", sagte der Junge, nahm seinen Rucksack ab und suchte etwas darin.

„Nicht, dass du mich missverstehst", sagte der alte Mann. „Es ist nicht, weil ich etwas von dir haben will."

„Nein?", fragte der Junge.

„Es ist, weil ich mich freue, dich zu sehen", sagte der alte Mann.

# Fröhliche Weihnachten

*Hugo Wiener*

Letztes Jahr am Weihnachtstag bekamen meine Frau und ich eine süße Weihnachtskarte. Was, werden Sie fragen, kann an einer Weihnachtskarte süß sein? Ich will es Ihnen sagen: Es war keine eigentliche Karte, es war ein Billett, und wenn man es aus dem Umschlag nahm und öffnete, ertönte ein Spielwerk und spielte zart und leise: „Stille Nacht, heilige Nacht."

Meine Frau und ich waren gerührt. Im Zimmer verbreitete bereits der Weihnachtsbaum seinen

Duft, darunter lagen die noch verpackten Geschenke, aus der Küche drang der Wohlgeruch der Weihnachtsbäckereien, und jetzt noch die erhebende Weise des „Stille Nacht, heilige Nacht". Es herrschte eine richtige Weihnachtsstimmung im Zimmer, und meine Frau und ich erinnerten uns an die Zeit, in der die Weihnachtsbäume noch nicht aus Aluminium, sondern aus richtigem Plastik waren. Eben starteten ein paar Tränen, um aus meinen Augen zu rinnen, als die Melodie ein zweites Mal begann. Klar. Das Lied hatte ja zwei Verse. Mindestens ... Nun begann sie ein drittes Mal. Also drei Verse. Denkste, sagt der Berliner, während der Wiener „Schnecken" sagt. Sie ertönte ein viertes, ein fünftes, ein sechstes Mal. Sie hörte nicht auf zu ertönen. Wir klappten das Billett zusammen und steckten es in den Umschlag – sie ertönte. Wir nahmen es heraus und öffneten es – sie ertönte. Es wurde Mittag, Nachmittag, Abend – sie ertönte noch immer.

Wir hatten uns vorgenommen, einmal am Weihnachtsabend allein zu sein, und wir waren auch allein. Allein mit dem Weihnachtsbillett. Wir standen unter dem Baum – Stille Nacht, heilige Nacht. Wir aßen unseren Karpfen – Stille Nacht, heilige Nacht. Meine Frau machte ein verkrampftes Gesicht, ich zitterte vor Nervosität – Stille Nacht, heilige Nacht. Wütend sprang ich aus dem Bett, trug das Billett ins Vorzimmer, dachte, endlich wird Ruhe sein, aber kaum lag ich wieder im Bett, als meine Frau sagte: „Das hättest du nicht tun sollen."

„Was hätte ich nicht tun sollen?", fragte ich.

„Die Karte ins Vorzimmer tragen. Schließlich haben wir Weihnachten."

Ich stand also auf, holte die Karte wieder herein und legte sie auf meinen Nachttisch – Stille Nacht, heilige Nacht. Ich legte sie auf den Nachttisch meiner Frau – Stille Nacht, heilige Nacht.

„Diese verfluchte Melodie!", zischte ich.

Meine Frau setzte sich im Bett auf. „Was hast du gesagt?", fragte sie entsetzt.

„Diese verflucht schöne Melodie", korrigierte ich schnell.

„Dein Glück", meinte meine Frau pikiert. „Weihnachten flucht man nicht, und was das Lied anbelangt, handelt es sich schließlich um eine Weise, welche überall mit dem tiefsten Gefühl aufgenommen wird. Sogar in Japan."

Ich weiß nicht, wie meine Frau gerade auf Japan

kam, aber ich wollte, das Billett wäre in Japan gewesen. Ich hätte es den Japanern gegönnt, als Re-
vanche für den Wirtschaftskrieg, in den sie uns
gestürzt haben. Aber ich hütete mich, etwas zu
sagen. Stumm, mit offenen Augen lagen wir da.
Stille Nacht, heilige Nacht, zirpte es.

„Vielleicht kann man es abstellen", meinte meine
Frau endlich zögernd.

Schnell sprang ich aus dem Bett, besah mir das
Spielwerk – man konnte es nicht abstellen. Ich
bastelte daran herum – es wurde von einer Batterie betrieben. „Dann kann es doch nicht mehr lange dauern", meinte meine Frau beruhigt, „jede
Batterie ist einmal aus." Da die meisten Batterien
bloß eine Dauer von acht Stunden haben, war
auch ich dieser Ansicht. Die Batterie spielte bereits seit vierzehn Stunden – also was soll's? Ich
ging wieder zu Bett – Stille Nacht, heilige Nacht.
Fünfzehn Stunden. Ich wälzte mich herum – sech-
zehn Stunden.

„Leg das Billett in eine Lade", sagte meine Frau,
„dann hören wir es nicht, haben es aber doch im
Zimmer."

Flugs sprang ich wieder aus dem Bett, legte das
Billett in eine Lade und legte mich wieder hin.

Nun hörten wir nichts, konnten aber trotzdem nicht einschlafen. Es war plötzlich so still geworden. Nach einer halben Stunde sagte meine Frau: „Vielleicht sollten wir sie doch wieder –?"

Ich hatte nur darauf gewartet. Schnell sprang ich wieder aus dem Bett, nahm das Billett aus der Lade und legte es hin – Stille Nacht, heilige Nacht. Als ich für kurze Zeit einschlief, hatte ich einen beängstigenden Traum. Eine Bande von Mafiosi raubte uns das Billett und verlangte für seine Herausgabe zehn Millionen Schilling. „Lassen Sie die Polizei aus dem Spiel", warnte uns eine Stimme am Telefon, „geben Sie die Summe in kleinen Scheinen in einen Koffer und werfen Sie ihn um zwölf Uhr nachts von der Schwedenbrücke in die Donau." Ich weigerte mich, dem Befehl zu folgen, und nahm den Kampf mit der Bande auf. Ich folgte ihr bis Japan, in Tokio stellte ich sie, nahm ihr das Billett ab und flog nach Hause. Überglücklich nahm meine Frau es in Empfang. Auch das Billett war glücklich, wieder bei uns zu sein. Dankbar für seine Errettung aus der Gewalt der Gangster spielte es: Stille Nacht, heilige Nacht.

Ich erwachte – das elende Machwerk spielte wirklich! Nun waren es bereits zwanzig Stunden, und die verdammte Batterie zeigte kein Zeichen von Müdigkeit. Außer mir sprang ich wieder aus dem Bett. Ich schickte mich an, das Billett zu zerreißen.

„Untersteh' dich!", rief meine Frau drohend. Sie hatte meine Absicht erraten. „Die Karte soll so lange spielen, solange es ihr gefällt."

Das tat sie denn auch. Sie spielte, solange es ihr gefiel. Und es gefiel ihr lange. Wir lernten, mit dem Billett zu leben. Es wurde Ostern – Stille Nacht, heilige Nacht. Pfingsten – Stille Nacht, heilige Nacht. Wir fuhren auf Urlaub, um dem Billett zu entfliehen – wir hätten es mitnehmen sollen. Nach der ersten Woche war uns bang nach ihm. Es fehlte uns. Wo immer wir waren, sprachen wir von ihm. Wird es noch spielen? Wir brachen den Urlaub ab und fuhren nach Hause. Ungeduldig wie die Kinder schlossen wir die Tür auf, stürzten ins Schlafzimmer – es spielte noch Stille Nacht, heilige Nacht.

Es wurde Herbst – Stille Nacht, heilige Nacht. Die Tage wurden kurz – Stille Nacht, heilige Nacht. Der erste Schnee fiel vom Himmel – Stille Nacht, heilige Nacht. Anfang Dezember sagte ich zu meiner Frau: „Ich habe eine Idee. Wir laden für den Heiligen Abend ein paar Gäste ein und sobald die Kerzen am Baum brennen, bringe ich unser liebes Spielili herein und führe es vor." Wir hatten unserem kleinen Liebling inzwischen den Namen "Spielili" gegeben. Meine Frau war einverstanden. Der 24. Dezember kam heran. Wir hatten Robinsons, Goldmanns und Wronskys geladen. Alle kamen sie und brachten ihre Geschenke. Robinsons brachten meiner Frau ein Fläschchen Parfum und mir ein Aftershave, Goldmanns brachten meiner Frau ein Fläschchen Parfum und mir ein Aftershave, während Wronskys meiner Frau ein Fläschchen Parfum und mir ein Aftershave brachten. Auch wir hatten Geschenke für unsere Gäste vorbereitet, und zwar bekam jede Dame ein Fläschchen Parfum und jeder Herr ein Aftershave.

„Und jetzt wartet", sagte ich geheimnisvoll, „ich zeige euch ein Weihnachtswunder." Ich eilte hinaus, brachte das Billett – es gab keinen Ton von sich. Die Batterie war zu Ende. Ein Jahr lang hatte sie gearbeitet – jetzt ließ sie mich im Stich. Die Gäste sahen mich verwundert an. Da stand ich mit einem Weihnachtsbillett in der Tür – das sollte ein Wunder sein?

Was blieb mir übrig? Ich sang mit voller Stimme:

„Stille Nacht, heilige Nacht", die anderen fielen ein, das Essen war gut, der Wein war ausgezeichnet, und so wurden es doch noch Fröhliche Weihnachten.

Eines weiß ich aber schon heute: Im nächsten Jahr, wenn der Briefträger die Weihnachtspost bringen wird, werden meine Frau und ich uns ansehen und werden denken: Ein so schönes Billett wie Spielili eines war, werden wir nie mehr bekommen.

# Der Weihnachtsbaum

## Joachim Ringelnatz

Es ist eine Kälte, dass Gott erbarm!
Klagte die alte Linde,
Bog sich knarrend im Winde
Und klopfte leise mit knorrigem Arm
Im Flockentreiben
An die Fensterscheiben.
Es ist eine Kälte! Dass Gott erbarm!
Drinnen im Zimmer war's warm.
Da tanzte der Feuerschein so nett
Auf dem weißen Kachelofen Ballett.

Zwei Bratäpfel in der Röhre belauschten,
Wie die glühenden Kohlen
Behaglich verstohlen
Kobold- und Geistergeschichten tauschten.
Dicht am Fenster im kleinen Raum
Da stand, behangen mit süßem Konfekt,
Vergoldeten Nüssen und mit Lichtern besteckt,
Der Weihnachtsbaum.
Und sie brannten alle, die vielen Lichter,
Aber noch heller strahlten am Tisch
(Es lässt sich wohl denken
Bei den vielen Geschenken)
Drei blühende, glühende Kindergesichter. –
Das war ein Geflimmer
Im Kerzenschimmer!
Es lag ein so lieblicher Duft in der Luft
Nach Nadelwald, Äpfeln und heißem Wachs.
Tatti, der dicke Dachs,
Schlief auf dem Sofa und stöhnte behaglich.
Er träumte lebhaft, wovon, war fraglich,
Aber ganz sicher war es indessen,
Er hatte sich schon (die Uhr war erst zehn)
Doch man musste's gestehn,
Es war ja zu sehn,
Er hatte sich furchtbar überfressen. –

Im Schaukelstuhl lehnte der Herzenspapa
Auf dem nagelneuen Kissen und sah
Über ein Buch hinweg auf die liebe Mama,
Auf die Kinderfreude und auf den Baum.
Schade, nur schade,
Er bemerkte es kaum,
Wie schnurgerade
Die Bleisoldaten auf dem Baukasten standen
Und wie schnell die Pfefferkuchen verschwanden.
– Und die liebste Mama? – Sie saß am Klavier.
Es war so schön, was sie spielte und sang,
Ein Weihnachtslied, das zu Herzen drang.
Lautlos horchten die andern Vier.
Der Kuckuck trat vor aus der Schwarzwälderuhr,
Als ob auch ihm die Weise gefiel. – –
Leise, ergreifend verhallte das Spiel.
Das Eis an den Fensterscheiben taute,
Und der Tannenbaum schaute
Durchs Fenster die Linde
Da draußen, kahl und beschneit
Mit ihrer geborstenen Rinde.
Da dachte er an verflossene Zeit
Und an eine andere Linde,
Die am Waldesrand einst neben ihm stand,
Sie hatten in guten und schlechten Tagen

Einander immer so lieb gehabt.
Dann wurde die Tanne abgeschlagen,
Zusammengebunden und fortgetragen.
Die Linde, die Freundin, die ließ man stehn.
Auf Wiedersehn! Auf Wiedersehn!
So hatte sie damals gewinkt noch zuletzt. –
Ja daran dachte der Weihnachtsbaum jetzt,
Und keiner sah es, wie traurig dann
Ein Tröpfchen Harz, eine stille Träne,
Aus seinem Stamme zu Boden rann.

# Weihnachtsfragen

*Helmut Zöpfl*

Einmal ganz ehrlich. Wie war das bei Ihnen damals als Kind, wenn Sie auf Weihnachten die Geschichte von der Geburt des Christkindes, dem Besuch der Heiligen Drei Könige, der Flucht nach Ägypten und schließlich dem Auftreten des Jesusknaben im Tempel gehört haben? Welche Bilder, die Sie sich vielleicht noch selber ganz individuell in Ihren Vorstellungen ausgemalt hatten, sind Ihnen in Ihrer Erinnerung geblieben? Bestimmt ist es Ihnen auch so gegangen wie mir, dass ich schon noch eine Menge Fragen gehabt hätte, die ich mir vielleicht gar nicht fragen traute oder die mit einem „Mei, das weiß ich auch nicht!" abgetan wurden. Ein bisschen mehr, so hab ich wie oft gedacht, hätten die Evangelisten schon noch berichten können über den kleinen Buben. Vielleicht womit und mit wem er gern gespielt hat, wie das damals mit dem Lernen war. Wo hat er denn lesen und schreiben gelernt? In die Lehre wird er wohl bei seinem Ziehvater, dem heiligen Josef, gegangen sein. Was er da wohl als Lehrling selber gezimmert hat? Hat er auch wie auch immer Bilder gemalt? Ich erinnere mich, dass der Münchner Schriftsteller Sigi Sommer gelegentlich zu sagen pflegte: „Schade, dass nicht so ein Bild übrig geblieben ist." Was wohl so ein „echter Jesus" wert wäre? Auch wenn die Historiker immer wieder versucht haben, sorgfältig über die damalige Zeit zu recherchieren, wir werden es im Letzten nie wissen und höchstens mit einem „Wahrscheinlich" unsere Fantasie spielen lassen. So sei mir auch gestattet, ein kleines heiteres Gedankenexperiment zu starten und ein paar Fragen zu stellen:

Was würde wohl in der Erziehung des Buben unter dem Einfluss der neuesten Erkenntnisse der

Pädagogik anders verlaufen? Wahrscheinlich würde man früh, wenn die „Abstammung" des Kindes bekannt würde, einen Frühbegabungstest machen, um den göttlichen IQ festzustellen. Vielleicht nach dem bei uns so beliebten Multiple Choice Verfahren. „Der Jordan ist: a) ein jüdischer Feiertag; b) eine hebräische Spezialität; c) der der Titel des Buches der Bibel; d) ein Fluss. Kreuze die richtige Antwort an!"

Oder: „Lies den vorliegenden Text leise durch und unterstreiche die darin vorkommenden Propheten." Oder: „Welche Tiere nahm Moses auf seiner Arche mit?" Es war nicht Moses, sondern Noah. Ha ha ha. Ha ha ha. Es handelt sich dabei um eine damals beliebte Scherzfrage.

Bestimmt würde man nach der neuesten Erkenntnis einen sehr hohen IQ ermittelt und den Eltern den dringenden Rat gegeben haben, das Kind nicht im Betrieb des Vaters ein Handwerk lernen zu lassen, sondern gleich in der Tempelschule – eventuell vergleichbar der heutigen Kinderuniversität – gelegentlich schon Gastvorträge zu besuchen, denn auf alle Fälle sollte das Kind bei seiner Hochbegabung die Laufbahn eines Schriftgelehrten einschlagen. Bei einer ganz besonderen Hochbegabung würde man sogar alles Mögliche tun, um ihm gar einen Auslands-Studienaufenthalt in Athen bei den Stoikern zu ermöglichen.

Ja und wie wäre wohl der Besuch der Heiligen Drei Könige verlaufen? Auf alle Fälle hätten sie dem Kind nicht so unkindgemäßes Zeug wie Gold, Weihrauch und Myrrhe mitgebracht, sondern irgendwelche Lernspiele, die das logische Denken, frühe Rechnen und Lesen schulen könnten. Auf alle Fälle würde man wohl heute alles daransetzen, damit die volle Begabungskapazität des vom Heiligen Geist erfüllten Knaben genutzt werde.

Apropos Heiliger Geist. Es wäre natürlich schon interessant, wie sich derselbe bei einem solchen Intelligenztest schlagen würde und welchen IQ man ihm zubilligte. Bei meinen Überlegungen werde ich fast ein wenig ketzerisch und frage mich, ob es sich bei dem Besuch der Könige aus dem Morgenland nicht um irgendein Evaluitätsteam gehandelt haben mag, das das frühkindliche Umfeld genauer erkundigen sollte. Wir wissen nicht, wer diese drei Männer gewesen sind, Könige, Sterndeuter, Gelehrte. Bestimmt wohl aber keine Psychologen, denn sonst wäre es schon sehr merkwürdig, wie sie zu dem Titel der „Weisen" gekommen sind.

# Chaos an Heiligabend

Barbara Kühnlenz

Heiligabend begann wie jeder Tag. Axel ging pünktlich am Morgen zur Arbeit. An diesem Tag wurde im Institut bis Mittag gearbeitet. Conny wollte noch schnell Oberbekleidung waschen, denn sie war am Vortag erst spät aus dem Krankenhaus heimgekommen. Ihre Kollegin löste sie eine halbe Stunde später vom Dienst ab, da die S-Bahn, aufgrund einer Störung, unregelmäßig fuhr. Nachdem Conny die Waschmaschine angestellt hatte, nahm sie die Nudelsuppe mit dem Gemüse und dem Entenklein von der Herdplatte und stellte sie zum Abkühlen auf den Küchentisch. Später wollte sie das Gericht einfrieren.

Timo, ihr zehnjähriger Sohn, hatte lange geschlafen, denn es war der erste Tag seiner Weihnachtsferien. Das Unheil begann, als Timo das Badezimmer betrat.

„Mama, komm mal schnell. Ich stehe im Wasser."

Tatsächlich, das gesamte Bad glich einem See. Die Waschmaschine zog noch immer Wasser. Unter ihrem Deckel quoll Seifenlauge hervor, und sie rann an den Seitenwänden der Maschine hinunter.

Conny patschte bis zur Steckdose, riss den Stecker heraus und drehte den Wasserhahn zu. Sofort endete die Flut. Glücklicherweise verhinderte die hohe Schwelle des Badezimmers, dass der Flur überschwemmt wurde. Nun schöpfte Conny mit einem Becher die Seifenlauge in einen Eimer. Danach wischte sie mit dem Scheuerlappen die Reste vom Fußboden, unter der Badewanne, hinter dem Toilettenbecken auf und rückte die Maschine von einer Seite zur anderen. Mit klarem Wasser begann sie, den Fußboden von der Seifenlösung zu befreien, damit niemand ausrutschen konnte. Dafür waren mehrere Waschgänge erforderlich. Als der Fußboden endlich nicht mehr glitschig war, öffnete sie die Maschine und warf die

Wäsche in die Badewanne. Anschließend leerte sie zunächst die Waschmaschine, säuberte die Seitenwände und wusch die Wäsche in der Badewanne mit der Hand. Als Blusen, Hemden und Pullover auf der Leine hingen, sank sie erschöpft in den Sessel und gönnte sich eine Tasse starken Kaffee.

In dem Moment informierte Timo sie: „Mama, ich lass Maxi in der Küche laufen."

„Muss das sein? Du weißt, Papa kommt bald und er sieht das nicht gerne."

„Weiß ich ja, aber nur bis ich den Käfig gereinigt habe. Bitte, Mama, wo soll er denn sonst hin!"

Conny nickte, denn es war während der kalten Jahreszeit auch die einzige Auslaufmöglichkeit, die sie dem Meerschweinchen bieten konnten. Nachdem sie sich gestärkt und ein wenig erholt hatte, saugte sie in den Zimmern den Teppichboden und achtete nicht weiter auf die beiden. Sie nahm an, Timo habe das Tier längst in den Käfig gesetzt. Als Axel heimkam, stand sie gerade auf der Leiter, um vom Hängeboden die Weihnachtskugeln, die Lichterketten und all die anderen weihnachtlichen Dekorationen herunterzuholen, denn Axel wollte nachher den Weihnachtsbaum schmücken. Er begrüßte sie nur knapp, zog sich um und lief zu Connys Leidwesen barfuß in der Wohnung. Oft hatte sie ihm vorgehalten, dass er sich verletzten könne, aber er lachte sie nur aus. Etwa vom Teppich? So ging er auch an diesem Tag barfuß und betrat die Küche, ohne zu ahnen, dass dort noch Maxi herumlief.

Axel rutschte auf einem frischen Knödel aus, griff Halt suchend um sich und erwischte den Henkel des Suppentopfes. Während er fiel, trat er das Tier in die Seite. Maxi quietschte auf und biss den vermeintlichen Angreifer. Axel schrie auf.

Sein Wehgeschrei und das Quieken von Maxi lockten Conny herbei. Als sie in der Küche angekommen war, brach sie bei dem Anblick, der sich ihr bot, in schallendes Gelächter aus. Axel saß auf dem Fußboden. Die Nudeln samt Gemüse und Entenklein hingen in seinen Haaren und über seinem Brillengestell. Die Brühe tropfte an seiner Nase herab. Mit beiden Händen umklammerte er seinen rechten Fuß. Seine Stimme überschlug sich beinahe, als er keifte:

„Wieder dieses blöde Vieh! Timo, Timo!"

Bei dieser Tonart versiegte Connys Lachen. Erst jetzt bemerkte sie, dass zwischen seinen Fingern

Blut hervorquoll und in die Brühe mit dem Rest der Nudeln tropfte, die auf dem Fußboden verteilt waren.

„Wo steckt der Bengel bloß? Tausendmal habe ich ihm verboten, das Vieh in der Küche ohne Aufsicht laufen zu lassen – so hilf mir doch! Siehst ja, was dein Herr Sohn angerichtet hat."

Conny half ihm hoch, und er humpelte in die Stube und setzte sich auf die Couch.

„Zeig doch mal!", forderte Conny ihn auf.

Axel hielt ihr den Fuß hin. Die Wunde am großen Zeh war kaum sichtbar, aber sie blutete stark.

Axel fuhr Conny an: „So mach doch was! Ich verblute sonst noch."

Conny holte Jod, Zinksalbe, Mull und eine Binde. Sie nahm den Fuß von Axel. Als sie die kleine Wunde mit Jod desinfizieren wollte, zog Klaus seinen Fuß zurück und protestierte: „Du willst doch nicht wirklich mit diesem Zeug ...?"

„Natürlich. Her mit dem Fuß!"

„Muss das denn sein?"

„Ja, das muss sein oder willst du eine Blutvergiftung riskieren? An Meerschweinchenzähnen wimmelt es nämlich nur so vor Bakterien."

„Nein, will ich nicht."

„Dann halt gefälligst still."

Conny griff sich erneut seinen Fuß und tupfte Jod in die Wunde.

„Mann, tut das weh! Du solltest mir helfen, aber doch nicht so. Aua!", jammerte Axel, aber Conny war unerbittlich. Nachdem sie die Wunde und Umgebung gereinigt hatte, drückte sie aus der Tube eine geringe Menge von der Salbe auf den Mulltupfer, legte ihn über die Verletzung und verband den Zeh. Axel legte seinen Fuß hoch, sah Conny an und verkündete:

„Der Tag ist gelaufen. Weihnachten kannste vergessen. Bring mir mal ein Bier! Wo steckt der Bengel bloß?"

Und wieder rief er: „Timo, Timo!"

Timo schlich herbei und stand mit gesenktem Kopf vor seinem Vater, um das unvermeidliche Donnerwetter über sich ergehen zu lassen.

„Aha, da bist du ja! Sofort ins Bett. Fernsehen, Taschengeld, Lesen bis auf Weiteres gestrichen. Verstanden?"

Conny wollte ihn erinnern, dass doch heute Heiligabend sei, aber in diesem Moment quiekte es mehrmals und scharrte hintereinander von irgendwoher.

Timo heulte los.

„Wo ist Maxi, was hast du mit ihm gemacht?"

Er rannte in die Zimmerecke, aus der die Klagelaute zu kommen schienen, und zwängte sich zwischen Fenster und Schrankwand.

Axel befahl, hochrot vor Zorn: „Timo, sofort ins Bett!"

„Mama, komm doch mal!", ignorierte Timo die Anordnung seines Vaters. „Maxi ist eingeklemmt. Ich sehe es ganz deutlich."

Axel forderte mit Nachdruck: „Los, Bengel, ab ins Bett! Oder du bekommst die schon längst fällige Tracht. Das Vieh kommt schon von allein wieder vor."

Aber Timo ließ sich nicht beirren.

„Nee, Papa, nee. Maxi steckt wirklich fest."

Nun griff Conny ein, denn ihr tat das Tier leid.

„Lass mich mal sehen!"

Timo verließ die Ecke, und Conny zwängte sich nun zwischen Spalt und Möbelstück. Und das, was sie da erblickte, erfüllte sie mit schlimmen Befürchtungen.

Das Tier steckte zwischen Wand und Schrankwand mit dem Hinterteil zu ihr. Es ruderte mit den Hinterfüßen, aber statt rückwärts, drückte es sich immer tiefer in den Spalt. Es musste vor Panik in vollem Lauf mit enormer Wucht in diese Falle geraten sein.

„Timo hat recht. Von allein kommt Maxi da nicht raus."

„Habt euch nicht so, zieht ihn einfach vor! Das kann doch nicht so schwer sein."

Conny streckte ihren Arm hinein, aber der Spalt war für ihren Arm zu eng. Nun versuchte es Timo, aber sein Arm reicht nicht bis an das Tier.

Conny wandte sich an Axel: „Wärste damals nicht so bequem gewesen und hättest die Schrankwand gleich gerade hingestellt und nicht so schief gelassen, dann wäre Maxi gar nicht dazwischen gekommen. Versuch du es doch! Wir schaffen das nicht."

„Hättet ihr das Vieh nicht in der Küche laufen ... Da bemüht euch mal selbst, du und dein Goldsohn. Ich bin verletzt – tut ganz schön weh. Hoffentlich muss ich nicht noch zum Doktor."

Da holte Conny einen Besen und stupste das Tier mit dem Stil, aber Maxi schrie noch schriller und gebärdete sich, als sei er wahnsinnig geworden.

Timo fing an zu weinen, und Conny bat erneut: „Axel, hilf doch mal! Hörst du nicht, wie das Tierchen jammert?"

„Bin ja nicht taub. Nichts könnt ihr ohne mich machen."

Axel stand auf. Erstaunlicherweise humpelte er überhaupt nicht mehr. Zunächst stieß er Maxi mit dem Besenstil, aber er quiekte noch lauter. Nun lockte er ihn mit seinem Lieblingsfutter, einer großen Mohrrübe. Aber alle seine Rettungsversuche scheiterten.

Er sah Conny an, und sie nickte. Es gab nur einen Weg.

„Na, dann wollen wir mal!", befahl Axel.

In Windeseile leerten sie die Schrankwand und verteilten deren Inhalt auf Sesseln, Couch und Tisch. Conny wischte schnell die Küche auf, und schon bald belegten jede freie Stelle der Küchenmöbel Gläser, Bücher und all der andere Inhalt.

Nun versuchte Axel die Schrankwand abzurücken, aber sie ließ sich nicht ein Stück von der Wand wegziehen. Schließlich reichte sie vom Fußboden bis kurz unter die Decke und war fünf Meter lang. Zum Glück war sie zerlegbar. Deshalb holte Axel die Leiter und begann, oben die Bretter abzuschrauben. Dann wuchtete er die einzelnen Teile runter. Erst als nur noch die unterste Reihe stand, gelang es Conny, das Tier aus seiner Lage zu befreien. In dem Augenblick, als sie beruhigend auf Maxi einsprach, ihn streichelte und er sich an sie drückte, in diesem Moment klingelte es.

Axel hielt inne, denn er hatte begonnen, die Schrankwand wieder aufzubauen und rief ihr zu:

„Hast du etwa Besuch eingeladen? Können wir jetzt nicht gebrauchen."

Conny setzte Maxi in seinen Käfig und eilte zur Sprechanlage.

„Ja, bitte?"

„Drei Asylanten bitten um Einlass."

Conny hatte sofort die Stimme erkannt.

„Hajo und Moni stehen unten", verkündete sie freudig, obwohl sie infolge des Tumultes erschöpft war.

„Auch das noch!", murmelte Axel vor sich hin.

Conny betätigte den Türöffner. Als der Fahrstuhl oben hielt und sich die Tür öffnete, traten ihr Cousin Hajo mit seiner Frau Moni und seiner Mutter Erna in den Hausflur.

„Frohe Weihnachten! Na, ist das eine Überraschung?"

Nach der Umarmung zur Begrüßung standen die Gäste vor dem Chaos im Wohnzimmer.

Hajo verkündete: „Das hier ist Männersache. Die Damen ins Kinderzimmer."

Bevor Moni ins Kinderzimmer ging, packte sie noch schnell aus ihrer Reisetasche eine bereits gebratene Ente, Stollen, Lebkuchen und Pommes frites aus und stellte alles im Flur auf die Kommode.

Hajo half Axel, und kurz vor Mitternacht saßen alle unterm Weihnachtsbaum, den Hajo auch noch aufgestellt und geschmückt hatte.

Sie verzehrten mit Appetit die Ente und die anderen weihnachtlichen Genüsse. Timo erhielt seine Geschenke. Alle waren der Meinung, das war der aufregendste Heiligabend, den sie je erlebt hatten.

# Die Geschichte vom Engel an der Himmelstüre

Ulrich Knellwolf

Am Anfang hatte Gott vor, im Paradies mit den Menschen zusammen zu leben. Aber die Menschen wollten selber groß sein und selber die Kraft des Lebens haben – darum gedachten sie Gott zu entthronen und sich an seine Stelle zu setzen. Als Gott das merkte, wurde er zornig und verbannte die Menschen zur Strafe aus dem Paradies. Und Gott rief einen der großen Engel und befahl ihm: „Du nimmst ein Schwert und stellst dich damit vor dem Tor zum Paradies auf. Du darfst niemanden hereinlassen. Wenn einer von den Menschen daherkommt und ins Paradies will, dann jagst du ihn fort. Ich will die Menschen nicht mehr im Paradies haben. Mit ihrer krankhaften Ehrsucht machen sie es mir nur kaputt."

Der Engel wagte Gott zu widersprechen. „Du bist doch der Vater der Menschen. So ganz kannst du dich doch nicht von ihnen abwenden." „Ja, ich bin der Schöpfer der Menschen", sagte Gott. „Aber ich habe die Menschen anders gemeint." Und er schärfte dem Engel noch einmal ein, ja aufzupassen und niemanden ins Paradies zu lassen. „Für die Menschen ist mein Paradies verschlossen", sagte Gott.

Da holte der Engel im himmlischen Zeughaus ein großes Schwert und stellte sich als Wache am Eingang zum Paradies auf. Wenn er geradeaus schaute, sah er auf die Erde und sah die Menschen, wie sie lebten und was sie taten. Und wenn er über die Schulter zurückschaute, sah er ins Paradies.

Zuerst hatte der Engel Erbarmen mit den Menschen. Er erkannte, wie sie sich abmühen mussten auf der Erde. Dann aber merkte er auch, wie sie sich untereinander aufführten, wie sie gegeneinander waren, einander alles missgönnten, wie sie Krieg führten gegeneinander und einander betrogen. Je länger der Engel das Treiben der Menschen auf der Erde sah, desto mehr musste er Gott recht geben. Und schließlich war der Engel auch davon überzeugt, dass die Menschen nicht ins Paradies gehörten.

So stand er vor der Türe und hielt sein Schwert fest in beiden Händen und machte ein strenges Gesicht. Und wenn einer von den Menschen sich auch nur von ferne der Himmelspforte näherte, winkte der Engel schon ab mit seinem Schwert und vertrieb ihn. So wurde das Los der Menschen auf der Erde immer trauriger, und die Menschen wurden gegen andere und gegen sich selber immer böser.

Manchmal schaute der Engel über seine Schulter zurück ins Paradies. Da sah er, wie Gott in seinem Garten spazierte. In der ersten Zeit sah Gott ganz froh aus. Er war erleichtert, dass er die Menschen los war und im Paradies wieder seinen Frieden hatte. Aber mit der Zeit veränderte sich Gottes Gesicht. „Gott ist traurig", dachte der Engel. Und er fragte sich, ob es Gott vielleicht langweilig sei, so ohne Menschen. Gott sah aus wie einer, der nichts zu tun hat und nicht weiß, wofür er da ist. Und Gott ging immer ärgerlicher und unruhiger im Garten auf und ab.

So stand der Engel an der Himmelstüre, lange Zeit, viele Jahrhunderte lang.

Eines Tages, als er wieder über die Schulter ins Paradies schaute, sah er, wie Gott sich mit seinem Sohn und mit dem Heiligen Geist unterhielt. Und er hörte, wie Gott zu den beiden sagte: „Ich will nicht länger warten. Schließlich bin ich für die Menschen da."

Bald darauf gab es Rumor im Himmel. Der Engel vor der Himmelstüre sah seine Kollegen aufgeregt im Paradies herumflattern. Alle packten ihre Bündelein. Da kam auch schon der Engel Gabriel geflogen. Unser Engel wollte ihn etwas fragen. Aber der Engel Gabriel winkte ab und rief: „Ich habe es eilig. Ich muss nach Nazareth, einer jungen Frau mitteilen gehen, dass sie ein Kind bekommen wird."

Unser Engel schüttelte den Kopf. Er hatte auf seinem Posten schon hunderttausend Mal gesehen, wie auf der Welt ein Kind geboren wurde. Aber noch niemals war das durch einen Engel angekündigt worden – und erst noch durch Gabriel!

Dann kam eine ganze Horde kleiner Engel und flog aus dem Himmel. Sie machten einen großen Lärm. „Wir müssen nach Bethlehem, müssen Musik machen über dem Dach eines Stalls", riefen sie und lachten vor Freude.

Am gleichen Tag kam einer von den himmlischen Dienern zu dem Engel an der Himmelstüre und sagte zu ihm: „Du sollst zum Chef kommen."

„Ich darf hier nicht weg", sagte der Engel. „Gott hat es mir ausdrücklich verboten." „Aber jetzt hat er gesagt, ich soll dich rufen. Kommst du oder kommst du nicht?"

Dem Engel an der Himmelstüre blieb nichts anderes übrig als zu gehorchen. Er verließ seinen Posten und folgte dem Diener zu Gott. Aber er hatte ein wenig Angst, und als sie vor Gott traten, sagte er: „Ich wollte meinen Posten nicht verlassen – aber du habest mich rufen lassen. Jetzt kann ich natürlich nicht mehr garantieren, dass nicht doch etwa ein Mensch ins Paradies hereinkommt!"

„Das macht nichts", sagte Gott, und er machte ein fröhliches Gesicht. „Die sollen nur kommen. Und du, mein lieber Engel, du sollst sie rufen gehen. Du bekommst von mir einen neuen Auftrag. Der ist wichtiger als der alte. Du fliegst jetzt nach Bethlehem. Bring das Schwert ins Zeughaus zurück und lass dir dort eine Karte von der Erde geben, damit du die Stadt auch findest. Außerhalb von Bethlehem weiden Hirten ihre Herden auf dem Feld. Das sind die, die am meisten Last und Angst zu tragen haben im Leben. Zu denen gehst du und sagst ihnen, sie sollen sich nicht länger fürchten. Der Himmel sei nicht mehr zu. Er stehe offen für sie – und sie sollen nur kommen und vertrauensvoll eintreten. Ich erwarte sie. Ich will wieder mit ihnen zusammen sein."

Das war der neue Auftrag des Engels an der Himmelstüre. Statt den Menschen mit dem Schwert Angst zu machen, sollte er zu den Menschen gehen und ihnen sagen: „Fürchtet euch nicht. Seht, ich verkündige euch große Freude, die allem Volk widerfahren wird. Euch ist heute der Heiland geboren. Die Himmelstüre ist offen für euch. Freut euch und tretet ein."

# Die Geschichte vom Weihnachtsbraten

*Margret Rettich*

Einmal fand ein Mann am Strand eine Gans. Tags zuvor hatte der Novembersturm getobt. Sicher war sie zu weit hinausgeschwommen, dann abgetrieben und von den Wellen wieder an Land geworfen worden. In der Nähe hatte niemand Gänse. Es war eine richtige weiße Hausgans.

Der Mann steckte sie unter seine Jacke und brachte sie seiner Frau: „Hier ist unser Weihnachtsbraten."

Beide hatten noch niemals ein Tier gehabt, darum hatten sie auch keinen Stall. Der Mann baute aus Pfosten, Brettern und Dachpappe einen Verschlag an der Hauswand. Die Frau legte Säcke hinein und darauf einen alten Pullover. In die Ecke stellte sie einen Topf mit Wasser.

„Weißt du, was Gänse fressen?", fragte sie.

„Keine Ahnung", sagte der Mann.

Sie probierten es mit Kartoffeln und mit Brot, aber die Gans rührte nichts an. Sie mochte auch keinen Reis und nicht den Rest vom Sonntagsnapfkuchen.

„Sie hat Heimweh nach anderen Gänsen", sagte die Frau. Die Gans wehrte sich nicht, als sie in die Küche getragen wurde. Sie saß still unter dem Tisch. Der Mann und die Frau hockten vor ihr, um sie aufzumuntern. „Wir sind eben keine Gänse", sagte der Mann. Er setzte sich auf seinen Stuhl und suchte im Radio nach Blasmusik.

Die Frau saß neben ihm am Tisch und klapperte mit den Stricknadeln. Es war sehr gemütlich. Plötzlich fraß die Gans Haferflocken und ein wenig vom Napfkuchen.

„Er lebt sich ein, der liebe Weihnachtsbraten", sagte der Mann.

Bereits am anderen Morgen watschelte die Gans überall herum. Sie steckte den Hals durch offene Türen, knabberte an der Gardine und machte einen Klecks auf den Fußabstreifer. Es war ein einfaches Haus, in dem der Mann und die Frau wohnten. Es gab keine Wasserleitung, sondern nur eine Pumpe. Als der Mann einen Eimer voll Wasser pumpte, wie er es jeden Morgen tat, ehe er zur Arbeit ging, kam die Gans, kletterte in den Eimer und badete. Das Wasser schwappte über, und der Mann musste noch einmal pumpen.

Im Garten stand ein kleines Holzhäuschen, das war die Toilette. Als die Frau dorthin ging, lief die Gans hinterher und drängte sich mit hinein. Später ging sie mit der Frau zusammen zum Bäcker und in den Milchladen. Als der Mann am Nachmittag auf seinem Rad von der Arbeit kam, standen die Frau und die Gans an der Gartenpforte.

„Jetzt mag sie auch Kartoffeln", erzählte die Frau.

„Brav", sagte der Mann und streichelte der Gans über den Kopf, „dann wird sie bis Weihnachten rund und fett."

Der Verschlag wurde nie benutzt, denn die Gans blieb jede Nacht in der warmen Küche. Sie fraß und fraß. Manchmal setzte die Frau sie auf die Waage, und jedes Mal war sie schwerer. Wenn der Mann und die Frau am Abend mit der Gans zusammen saßen, malten sich beide die herrlichsten Weihnachtsessen aus.

„Gänsebraten und Rotkohl, das passt gut", meinte die Frau und kraulte die Gans auf ihrem Schoß. Der Mann hätte zwar statt Rotkohl lieber Sauerkraut gehabt, aber die Hauptsache waren für ihn die Klöße.

„Sie müssen so groß sein wie mein Kopf und alle genau gleich", sagte er. „Und aus rohen Kartoffeln", ergänzte die Frau. „Nein, aus gekochten", behauptete der Mann. Dann einigten sie sich auf Klöße halb aus rohen und halb aus gekochten Kartoffeln. Wenn sie ins Bett gingen, lag die Gans am Fußende und wärmte sie.

Mit einem Mal war Weihnachten da. Die Frau schmückte einen kleinen Baum. Der Mann radelte zum Kaufmann und holte alles, was sie für den großen Festschmaus brauchten. Außerdem brachte er ein Kilo extrafeine Haferflocken.

„Wenn es auch ihre letzten sind", seufzte er, „soll sie doch wissen, dass Weihnachten ist." „Was ich sagen wollte", meinte die Frau, „wie, denkst du, sollten wir ... ich meine ... wir müssten doch nun ..." Aber weiter kam sie nicht. Der Mann sagte eine Weile nichts. Und dann: „Ich kann es nicht." „Ich auch nicht", sagte die Frau. „Ja, wenn es eine x-beliebige wäre. Aber nicht diese hier. Nein, ich kann es auf gar keinen Fall."

Der Mann packte die Gans und klemmte sie in den Gepäckträger. Dann fuhr er auf dem Rad zum Nachbarn. Die Frau kochte inzwischen den Rotkohl und machte die Klöße, einen genauso groß wie den anderen.

Der Nachbar wohnte zwar ziemlich weit weg, aber doch nicht so weit, dass es eine Tagereise hätte werden müssen. Trotzdem kam der Mann erst am Abend wieder. Die Gans saß friedlich hinter ihm. „Ich habe den Nachbarn nicht angetroffen, da sind wir etwas herumgeradelt", sagte er verlegen.

„Macht gar nichts", rief die Frau munter, „als du fort warst, habe ich mir überlegt, dass es den feinen Geschmack des Rotkohls und der Klöße nur stört, wenn man noch etwas anderes dazu auftischt."

Die Frau hatte Recht, und sie hatten ein gutes Essen. Die Gans verspeiste zu ihren Füßen die extrafeinen Haferflocken. Später saßen sie alle drei nebeneinander auf dem Sofa in der guten Stube und sahen in das Kerzenlicht.

Übrigens kochte die Frau im nächsten Jahr zu den Klößen zur Abwechslung Sauerkraut. Im Jahr da-

rauf gab es zum Sauerkraut breite Bandnudeln. Das sind so gute Sachen, dass man nichts anderes dazu essen sollte. Inzwischen ist viel Zeit vergangen.

Gänse werden sehr alt.

# ... bis zur Silvesternacht

### Giovanni Guareschi

Die Tage, die vergehen mussten, vergingen, und es kam die Silvesternacht. Auch in unserem Dorf war – wie fast überall – noch der Brauch lebendig, das alte Jahr auszutreiben. Wenn es Mitternacht geschlagen hatte, entluden die Leute ihre Flinten in Richtung Himmel, und für ein paar Minuten schien das Weltende gekommen.

Don Camillo hatte das nie gefallen, aus vielerlei Gründen, und niemals hatte er eine Patrone verbraucht, um in die Wolken zu schießen. Aber an jenem Tag kam auch ihm die Lust, dem alten Jahr den Garaus zu machen, und so öffnete er wenige

Minuten vor Mitternacht das Fenster seines Zimmers und wartete, bis die Kirchturmuhr das Signal geben würde.

Das Licht im Zimmer war ausgeschaltet, doch das Feuer im Kamin brannte, und Ful, der gute Augen besaß, wurde ganz aufgeregt sobald er das Gewehr in den Händen Don Camillos bemerkte.

„Bleib ruhig", erklärte ihm Don Camillo mit leiser Stimme, „das ist nichts für dich. Das ist kein Jagdgewehr, bloß das alte Ding, das ich zur Erinnerung auf dem Dachboden aufbewahrt habe. Es geht nur darum, das alte Jahr umzubringen, und dazu braucht man keine Doppelflinte."

Die Piazza war leer, und die Laterne vor dem „Haus des Volkes" beleuchtete hell die Fahnenstange.

„Man sieht sie auch in der Nacht", brummte Don Camillo. „Das scheint eine ausgemachte Sache zu sein, um mich zu ärgern."

Der erste der zwölf Glockenschläge ertönte, und sogleich begann auch die Schießerei. Don Camillo lehnte sich ans Fensterbrett, und auch er gab einen Schuss ab. Einen einzigen, denn es handelte sich um einen symbolischen Akt, und somit genügte ja die Geste an sich. Es war kalt,

und Don Camillo schloss sorgfältig das Fenster, lehnte das Gewehr an die Truhe, schaltete das Licht ein und setzte sich vor das Kaminfeuer.

Da bemerkte er, dass Ful nicht da war, und er rief ihn. Doch der Hund war anscheinend durch das viele Flintenkrachen in Aufregung geraten und durch die Tür ins Freie geschlüpft. Don Camillo war deswegen nicht besorgt, denn so wie er hinausgekommen war, so würde er auch wieder zurückkehren.

Und tatsächlich hörte man bald darauf die Tür quietschen. Aber es war nicht Ful.

Es war statt dessen Peppone, der liebenswürdig erklärte:

„Verzeiht, Hochwürden, aber ich habe die Tür offen stehen gesehen, und so bin ich Euch besuchen gekommen."

„Danke, mein Sohn. Es ist angenehm, zu sehen, dass sich jemand an uns erinnert."

Peppone setzte sich neben Don Camillo.

„Hochwürden, man muss wirklich zugeben, dass in der Realität Dinge geschehen, die die Fantasie weit übertreffen."

„Ist was Schlimmes passiert?", fragte Don Camillo besorgt.

„Nichts Schlimmes, nur ein merkwürdiger Scherz des Zufalls. Stellt Euch vor, während der Schießerei von vorhin hat jemand einen Schuss in die Luft abgegeben, und die Kugel, anstatt sich wer weiß wo zu verlieren, prallte gegen unsere Fahnenstange und brach sie an der Spitze ab, gerade an der Stelle, wo das Messingemblem im Holz steckt. Ist das nicht ein schöner Zufall?"

Don Camillo breitete die Arme aus:

„Ein sehr schöner", gab er zu.

„Aber das ist nicht alles", setzte Peppone fort. „Denn das Siegeszeichen fiel beinahe dem Langen auf den Kopf, der gerade ins Haus treten wollte. Und der Lange glaubte, dass man ihm etwas mit Absicht an den Kopf werfen wollte, rannte hinein und schlug Alarm, und wir sind alle hinausgeeilt, doch wir haben nichts am Boden gefunden. Als wir jedoch hinaufschauten, bemerkten wir, dass das Siegeszeichen auf der Stange fehlte, und nachdem wir die Stange untersucht hatten, bemerkten wir, dass ein Gewehrschuss sie knapp unter dem Emblem hat einknicken lassen. Ist das nicht merkwürdig? Wer kann das Siegeszeichen aufgeklaubt und weggetragen haben, wo die Piazza doch leer war?"

Don Camillo zuckte die Achseln:

„Mit Respekt gesprochen, ich verstehe nicht, wen denn ein solcher Kleinkram interessieren könnte."

Schon seit einigen Minuten war Ful zurückgekehrt, hatte sich zwischen Don Camillo und Peppone gelegt und wartete dort reglos wie eine Statue. Und hielt das Messingemblem mit Hammer und Sichel zwischen seinen Zähnen. Er wurde müde und ließ das Ding auf den Boden fallen. Don Camillo hob die Trophäe auf, wendete sie ein paar Mal hin und her, um sie von allen Seiten zu betrachten, und schüttelte den Kopf.

„Ein Messingblättchen. Von Weitem schien es haltbarer, aber wenn es dich interessiert, kannst du es ruhig mit nach Hause nehmen."

Peppone besah sich das glänzende Siegeszeichen, das ihm Don Camillo hinreichte, und blickte dann wieder in die Flammen des Kaminfeuers. Don Camillo warf die Trophäe in die Flammen, und Peppone biss die Zähne zusammen, rührte sich aber nicht. Das Siegeszeichen

rötete sich sehr schnell, das Zinn der Löt-
stellen schmolz, und die dünnen Messing-
streifen rollten sich wie kleine Schlangen zusammen.

„Wenn die Hölle nicht eine Erfindung von uns
Priestern wäre ...", flüsterte Don Camillo.

„Die Hölle ist keine Erfindung der Pfaffen", murmelte Peppone. „Die Pfaffen sind eine Erfindung
der Hölle."

Don Camillo schürte das Feuer, und Peppone
ging ans Fenster. Durch das Glas sah man die ent-
hauptete Stange, die von der Laterne angestrahlt
wurde. „Ich weiche der Erpressung. Morgen werde
ich den Schnee vor dem Pfarrhaus wegbringen
lassen."

„Nein", antwortete Don Camillo. „Du musst ihn
dort lassen, bis er von selbst verschwindet. Entweder du lässt ihn so, oder ich werde alles aus-
plaudern. Adieu, Mechaniker!"

Don Camillo sprach das Wort Me-cha-ni-ker ganz
langsam aus, jede Silbe betonend und dabei
lächelnd. Dann zündete er die kleine Zigarre an
und segelte rauchend auf die Gletscherspalte seines Mont Blanc zu.

# Quellenverzeichnis

**Texte**

Bardeli, Marlies: Eine Tüte voller Zimtsterne, aus: Britta Groiß/Gudrun Likar: Weihnachtszeit – Zauberzeit. Mit Illustrationen von Silke Brix-Henker © 1998 by Ueberreuter Verlag, Berlin – Wien

Guareschi, Giovanni: … bis zur Silvesternacht © Müller Rüschlikon Verlag, Postfach 103743, 70032 Stuttgart. Ein Unternehmen der Paul Pietsch Verlage GmbH & CO. KG. Lizenznehmer der Bucheli VerlagsAG, Baarerstraße 43, CH - 6304 Zug

Knellwolf, Ulrich: Die Geschichte vom Engel an der Himmelstüre, aus: Der liebe Gott geht auf Reisen. Weihnachtsgeschichten, © Nagel & Kimche im Carl Hanser Verlag GmbH & Co. KG, 2004 München, mit freundlicher Genehmigung von Carl Hanser Verlag GmbH & Co. KG

Kühnlenz, Barbara: Chaos an Heiligabend, aus: dies., Alle Jahre wieder. Literarischer Adventskalender. Traumstunden-Verlag, Essen 2011 © bei der Autorin

Malessa, Andreas: Weihnachtspost von der Behörde © beim Autor

Rettich, Margret: Die Geschichte vom Weihnachtsbraten, aus: Dies.: Wirklich wahre Weihnachtsgeschichten. Mit Illustrationen von Rolf Rettich © 1986 und 2001 by Ueberreuter Verlag, Berlin – Wien

Schmid, Wieland: Vier Adventskränze zu viel, aus: Norbert Schnabel, Das Weihnachtsvorlesebuch für die ganze Familie. SCM Collection im SCM Verlag GmbH & Co. KG, Witten 2010 © beim Autor

Schupp, Renate: Der Engel mit dem Gipsarm, aus: dies./ R. Deßecker (Hg.), Bald nun ist Weihnachtszeit, Verlag Ernst Kaufmann, Lahr 1994 © bei der Autorin

Steinkühler, Martina: Wie das Christkind in die Windeln kam, aus: dies., Himmlische Zeiten. Mit Kindern durch das Jahr © Patmos Verlag der Schwabenverlag AG, Ostfildern 2011

Weyers, Klaus: Das harte Holz von Betlehem, aus: ders., Geistlicher Rat ist nicht teuer St. Benno-Verlag. © beim Autor

Wiener, Hugo: Fröhliche Weihnachten, aus: Total heiter. Die besten Geschichten zum 90. Geburtstag © 1994 by Amalthea Signum Verlag, Wien

Zöpfl, Helmut: Weihnachtsfragen, aus: ders., Mein großes Weihnachtsbuch, S. 111-113 © Rosenheimer Verlagshaus GmbH & Co. KG, Rosenheim 2010 ISBN: 978-3-475-54052-3

## Illustrationen

Cover: © Zand/shutterstock.com; Layoutgestaltung unter Verwendung zweier Motive von fotolia.com: © patrimonio designs und © Rouz.

Wir danken allen Inhabern von Text- und Bildrechten für die Abdruckerlaubnis. Der Verlag hat sich bemüht, alle Rechteinhaber in Erfahrung zu bringen. Für zusätzliche Hinweise sind wir dankbar.